初戀

屠格涅夫戀愛經典新譯

【修訂版】

櫻桃園文化

國家圖書館出版品預行編目（CIP）資料

初戀：屠格涅夫戀愛經典新譯 (修訂版) / 伊凡 · 屠格涅夫 (Ivan Turgenev) 著 ; 陳翠娥 譯 . -- 修訂 1 版 . -- 臺北市 : 櫻桃園文化 , 2019.12
256 面 ; 14.5x20.5 公分 . -- (經典文學 ; 2R)
ISBN 978-986-97143-2-7 (平裝)

880.57　　108019999

經典文學 2R
初戀：屠格涅夫戀愛經典新譯【修訂版】
Иван С. Тургенев. Первая любовь. Ася

作者：伊凡 · 屠格涅夫（Ivan Turgenev）
譯者：陳翠娥
導讀：楊澤
評論：龍瑛宗（陳千武／譯）
編輯：丘光
校對：陳錦輝
封面繪圖：丘語晨
版面設計（封面及內頁）：丘光
出版者：櫻桃園文化出版有限公司
地址：116 台北市文山區試院路 154 巷 3 弄 1 號 2 樓
電子郵件：vspress.tw@gmail.com
網站：https://vspress.com.tw/

印製：世和印製企業有限公司

總經銷：遠足文化事業股份有限公司
地址：231 新北市新店區民權路 108-2 號 9 樓
電話：02-22181417　傳真：02-86671891

出版日期：2019 年 12 月 25 日修訂 1 版 (тираж 1 тыс. экз.)
定價：320 元

本書譯自俄文版屠格涅夫作品全集：И. С. Тургенев. Собрание сочинений в 12-ти томах, изд. Художественная литература, Москва, 1955

初戀

屠格涅夫戀愛經典新譯

【修訂版】

Первая любовь. Ася

Иван С. Тургенев

伊凡・屠格涅夫 著　　陳翠娥 譯

楊澤 導讀　　龍瑛宗 評論

目次

初戀

[1]

獻給安年科夫[2]

客人早已散去。時鐘敲響十二點半。房間裡只剩下主人、謝爾蓋．尼古拉耶維奇與弗拉基米爾．彼得羅維奇。

主人搖鈴，吩咐收走剩餘的晚餐。

「所以就這麼說定了，」他說道，舒適地陷入扶手椅裡，點起雪茄。「我們每個人必須說出自己的初戀故事。就從您開始，謝爾蓋．尼古拉耶維奇。」

---

[1] 本篇原作發表於一八六〇年的《閱讀文庫》（Библиотека для чтения）雜誌第三期。——俄文版編注（以下注釋除標示外，皆為譯注）

[2] 安年科夫（Pavel V. Annenkov, 1813-1887），俄國文學評論家與傳記作家，屠格涅夫的好友。

謝爾蓋·尼古拉耶維奇體型福態，圓潤的臉蛋上覆著淺色毛髮。他先瞧瞧主人，接著抬眼望著天花板。

「我不曾有過初戀，」他終於開口說道。「我的戀愛是直接從第二次開始的。」

「這話怎麼說？」

「非常簡單。我十八歲的時候，生平頭一次去追求一位很迷人的小姐，不過這段風流韻事對我來說卻似乎一點也不新鮮，後來追求其他女孩也好像沒什麼兩樣。事實上，我的初戀也是最後一次的戀愛，是早在我大概六歲時愛上了自己的保母，而那已經是陳年往事，我們之間相處的點點滴滴已被遺忘，就算記得，誰又會有興趣呢？」

「這該如何是好？」主人說道。「我的初戀故事也乏善可陳。在認識現任妻子安娜·伊凡諾夫娜之前，我不曾愛上任何人，而且我們的感情進展一帆風順：雙方父親撮合我們，我們很快墜入情網，毫不猶豫地結了婚，我的童話故事三言兩語就道盡了。各位，我必須承認，當我提議來說說初戀故事的時候，是將希望寄託在你們幾位不算年長也不年輕的單身漢身上。或許您能夠說些有趣的故事，弗拉基米爾·彼得羅維奇？」

「我的初戀確實很不尋常。」弗拉基米爾·彼得羅維奇沉默半晌後回答。他年約四十，黑髮中摻雜銀絲。

「啊！」兩位同伴異口同聲。「這樣更好……說來聽聽。」

「好吧……不，我不打算用說的，我不擅長說故事，聽起來會顯得枯燥短促，要不然就是冗長又虛假。如果允許，我會將記得的一切寫在本子上，然後唸給各位聽。」

好友們起先不同意，不過弗拉基米爾·彼得羅維奇執意堅持。兩星期後，他們再度相聚，弗拉基米爾·彼得羅維奇信守了自己的承諾。

以下是他本子裡記述的內容：

1

我當年十六歲。事情發生在一八三三年夏天。

我和父母親住在莫斯科。他們在卡盧加城門附近的毋憂園[1]對面租了一間避暑別墅。我正準備大學入學考試，不過極少花心思在備考上，心裡也不焦急。

沒有人干涉我的自由，尤其道別了最後一位法國家庭教師之後，我更是隨心所欲。這位家庭教師一直無法接受自己「像顆炸彈般」[2]落到俄羅斯的想法，總是一臉苦悶，鎮日躺在床上。父親待我和藹卻滿不在乎；母親幾乎不管我，雖然她只有我這個孩子，

---

[1] 毋憂園（Нескучное），位於當時莫斯科城南郊近莫斯科河的貴族莊園，一八二三年為沙霍夫斯科伊公爵所擁有，但他經營事業失敗，三年後地產轉賣給沙皇家族，此人的女兒葉卡捷琳娜即為小說女主角的原型。——編注

[2] 原文用法文「comme une bombe」。

但其他事務占據了她的心力。我的父親當時還很年輕，相當瀟灑；母親比他年長十歲，他娶她是出於金錢考量。母親過著鬱鬱寡歡的生活，總是焦躁不安，為嫉妒所苦，或是發脾氣，但不會在父親面前表露出來。她很忌憚他，而他總是嚴肅、冷淡又疏遠……我不曾見過比他更優雅沉著、自以為是又專斷獨行的人。我永遠無法忘懷我在別墅度過的頭幾個星期，當時天氣出奇晴朗，我們在五月九日聖尼古拉節當天從城裡搬過去。我在別墅的花園、附近的毋憂園或是城門外四處漫步，隨身攜帶一本書，例如卡以當諾夫編纂的教科書，不過很少翻閱，而是將大部分時間花在吟誦腦中記得的許多詩篇。血液在我體內流竄，內心的傷感既甜美又令人莞爾。我不停地等待，心懷莫名的羞怯，對萬事萬物感到驚奇，隨時睜大眼睛觀察著。我的想像力馳騁，宛如黎明時分飛翔在鐘樓四周的雨燕，環繞著同樣一串想法迅速打轉。我會陷入沉思、惆悵，甚至啜泣，然而，儘管悅耳的詩歌或黃昏美景時而勾起愁緒，熱血沸騰的年輕生命帶來的喜悅仍會透過淚水探出頭來，好似入春的小草。

我有一匹騎乘用的小馬。我會親自替牠備鞍，單獨策馬奔馳到遠方，想像自己是中世紀比武場上的騎士——風兒多麼快活地在我耳邊呼嘯呀！或者我會仰面朝天，將耀眼的光亮與蔚藍納入我敞開的胸襟。

我記得那段時期，女人的模樣和愛情的幻影幾乎不曾具體地在我腦海中浮現。但是，在我所有的思緒和感受中，隱隱約約有著懵懂羞澀，預示將會有某種新穎、甜美得難以言喻、與女性有關的感受出現……

這份預感，這份等待滲透我全身，讓我賴以呼吸，潛藏在每滴血液裡，在我血管中四處流竄……並注定很快獲得應驗……

我們的別墅是間木造的貴族宅邸，有廊柱與兩間附屬的低矮廂房。左邊的廂房裡是一座製造廉價壁紙的小工廠，裡頭雇了十個身體瘦弱、頭髮凌亂的小男孩，身穿髒兮兮的工作衫，面容枯槁；我不只一次到那裡觀看他們如何不停地跳到木製槓桿上，朝壓力機四角平台施壓，利用自己羸弱身軀的重量壓製出五彩繽紛的壁紙圖樣。右邊的廂房空著，正在招租。有一天，五月九日過後三週左右，那間屋子的護窗板開了，裡頭出現女性的臉孔——有戶人家搬了進去。我記得當天午餐時，媽媽向管家打聽我們的新鄰居是些什麼人，聽見公爵夫人札謝金娜的姓氏，她先是懷著些許敬意說道：「啊！公爵夫人……」接著添了一句：「多半很潦倒吧。」

「他們是搭乘三輛出租馬車來的，」管家恭敬地上菜時指出。「沒有自己的馬車，家具看起來也很寒酸。」

「話雖如此，」媽媽反駁道。「但出身終究比較高貴。」

父親冷冷地瞥了她一眼，她便立刻住口。

札謝金娜公爵夫人的確不可能是個闊綽的女人，她承租的廂房破舊不堪，低矮狹小，只要手頭稍微寬裕些的人，都不會願意搬進去。而且，當時我對談話內容充耳不聞，公爵的封號沒有讓我留下深刻印象，因為不久前我才讀完席勒的《強盜》[1]。

[1] 《強盜》為德國十八世紀作家席勒（Johann Christoph Friedrich von Schiller, 1759-1805）的戲劇作品，反映了彼時德國青年對封建專制制度的反抗。

2

我習慣每天傍晚帶著獵槍在我們的花園裡巡視，守候烏鴉，因為我老早就憎惡這些警覺性強、貪婪又狡獪的鳥兒。事發那一天，我照常到花園去，踏遍了每一條林蔭小徑卻一無所獲（烏鴉已經認得我，只在遠處斷斷續續地嘎嘎叫著），無意間走近分隔我們的領域和一片狹長花園之間的低矮柵欄，花園延伸到右廂房後方，隸屬該棟獨立房舍。我低頭走著，突然聽見說話的聲音；我朝柵欄另一頭望去，登時愣住了……因為我眼前出現一幅奇特的景象。

離我幾步遠的地方，在青澀覆盆子樹叢間的空地上站著一位女孩，身材高而勻稱，穿著粉紅色條紋連衣裙，頭上包著一條白色頭巾。四位年輕人圍繞在她身旁，她手拿灰色的小花朵輪流拍打他們的額頭。孩童們都很熟悉這種小花，不過我並不知道名稱。這種植物的花瓣呈小小的麻袋狀，碰到堅硬的東西會伴隨一聲脆響裂開。年輕男子心甘情願地伸出自己的額頭，女孩的動作（我從側面望著她）有種迷人、霸道、溫柔、促狹又討喜的意味，使得我又驚又喜差點沒喊出聲來。我願意交出世上的一切，只求那些美妙的手指也能拍打我的額頭。槍枝滑落草地，我卻渾然忘我，雙眼熱切地盯著那穠纖合度的體態、頸子、秀麗的雙手，還有白色頭巾底下些許蓬亂的金髮、半張半闔又慧黠的眼睛，以及睫毛和睫毛下方嬌嫩的臉頰……

「年輕人。喂，年輕人。」有人突如其來地在我身邊說道。「難道可以這樣盯著陌生的小姐瞧嗎？」

我渾身一顫，啞口無言……柵欄對面有個人站在我近旁，他留著一頭黑色短髮，用嘲弄的眼神打量我。那一刻，女孩也朝我轉過臉來……在那張活潑、生動的臉上，我看見一雙灰色的大眼眸，接著臉龐突然顫動，笑了開來，雪白的牙齒晶瑩發亮，眉毛俏皮地向上挑起……我面紅耳赤，從地上拾起槍枝，在一片響亮但無惡意的哈哈笑聲追逐下奔回自己的房間，撲倒床上，用雙手摀住臉，心裡噗通跳個不停，既羞愧又欣喜，感受到一股前所未有的激動。

我休息片刻並梳理乾淨後，下樓去喝茶。少女的倩影在我眼前揮之不去，我的心臟已經不再劇烈跳動，卻仍歡快地揪緊著。

「你怎麼了？」父親突然問我。「打到烏鴉了嗎？」

我本來打算據實以告，但克制住衝動，只是暗自微笑。準備就寢時，自己也說不上來為了什麼，先用單腳迴旋了三圈，還抹了髮油之後才躺下睡覺，整晚睡得死沉。破曉前，我甦醒片刻，微微抬起頭，異常興奮地環顧四周後，再度墜入夢鄉。

3

「該如何藉機跟他們相識?」這是我早晨醒來腦中浮現的第一個念頭。喝早茶前,我到花園去,不過沒有走近柵欄,也沒見到任何人。喝完茶後,我在別墅前的街道上數度徘徊,從遠處探視窗內……我彷彿在窗簾後看見她的臉,嚇得趕緊離開。「總要找機會認識呀。」我自忖道,一面在毋憂園前方綿延的沙地上慌亂地來回踱步。「但是該怎麼做?這才是問題。」我想起昨日邂逅的種種細節,不知怎地,記憶中特別清晰的是她嘲笑我的模樣……不過,正當我苦惱不已,還在想方設法時,命運之神已經關照我了。

我不在家時,媽媽收到新鄰居捎來的一封信,信寫在灰色紙張上,並用褐色火漆封印,通常只有郵局通知單或廉價酒的瓶塞才會使用這種紙。在這封有欠通順、錯字連篇又字跡淩亂的信中,公爵夫人請求母親的庇護;依據公爵夫人的說法,我母親熟稔許多有頭有臉的人士，而她和她孩子們的命運正掌握在這些人手中，因為她正在進行幾場相當重要的訴訟。「我來和您求住（助），」她寫道。「是以一個高上（尚）女士跟另外一個高上（尚）女士的身分，而且，我很高興能來利用這個機會。」信的結尾，她請求母親應允她來訪。我見到母親時，她正在發愁，因為父親不在家，她沒有可以商量的對象。不可能對「高尚的女士」相應不理，何況對方還是位公爵夫人，但是該如何答覆，她卻茫然無頭緒。依母親看來，用法文書寫便箋回覆並不恰當，而她很清楚自己也不擅長俄文拼寫，因此不願意鬧笑話。她見我回到家很高興，即刻令我到公爵夫人那兒一趟，口頭轉告說只要在能力範圍之內，我母親隨時樂意為公爵夫人效勞，並請她一點左右光臨寒舍。我心底的期盼如此意外地迅速實現，讓我驚喜交集，然而我不動聲色，先回到自己房間換上新領帶和長禮服。縱然心裡百般不樂意，在家裡我仍然穿著短外套和翻領襯衫。

4

我踏進廂房擁擠雜亂的玄關時，整個人不由自主地顫抖著。迎接我的是一位頭髮斑白的老僕人，有張暗銅色的臉，豬隻般鬱悶的小眼睛，額頭和鬢角布滿我見過最深刻的皺紋。他端著一盤啃剩的鯡魚骨頭，用腳掩上通往另外一個房間的門，粗魯地說：

「您有什麼事？」

「札謝金娜公爵夫人在嗎？」我問。

「沃尼法契！」一個女人顫巍巍的聲音在門後喊。

僕人不發一語地轉身背對我，露出嚴重磨損的制服背面和一顆孤零零的生鏽紋章鈕扣。他將盤子擱到地上後，便離開玄關。

「你去過警局了嗎？」同一個女人問，僕人嘟囔了些什麼。「啊？……有人來了？……」聲音再度傳來。「隔壁的小少爺？唔，請他進來。」

「請到客廳。」僕人再度出現時說道，並自地上端起盤子。

我端正衣服後，走進「客廳」。

我來到一間不算大，而且不怎麼整潔的房間，裡頭擺放著彷彿匆忙布置而成的寒酸家具。窗邊一張扶手斷裂的扶手椅上坐著一位年約五十的女人，並不漂亮，沒戴頭巾，身穿一件老舊的綠色連衣裙，脖子上圍著五彩繽紛的粗毛線針織圍巾。她黑色的小眼睛直盯著我瞧。

我走向她，鞠躬行禮。

「我是否有幸與札謝金娜公爵夫人說幾句話？」

「我是札謝金娜公爵夫人。您是V先生的少爺嗎？」

「是的，是母親囑咐我來的。」

「請坐。沃尼法契！我的鑰匙放在哪裡，你有看見嗎？」

我轉告札謝金娜女士我母親對她信函的答覆。她聽我說話時，用肥胖的紅色指頭輕叩窗框；我說完後，她再次盯著我瞧。

「很好，我一定登門拜訪。」她終於開口。「您看起來真年輕！恕我冒昧，請問您幾歲？」

「十六歲。」我不情願地支支吾吾。

公爵夫人自口袋取出一些寫得密密麻麻又油膩膩的紙張，湊近眼前逐一翻看。

「正當美好的年紀。」她突然說，在椅子上來回扭動著身子。「您請別客氣，我這裡很隨意的。」

「太隨意了吧。」我心裡想，不由自主厭惡地打量她不體面的模樣。

這一刻，客廳的另外一扇門飛快敞開，我前一天在花園裡見到的那位女孩出現在門口。她抬起一隻手，臉上掠過一絲微笑。

「這是我女兒。」公爵夫人用手肘指了指她說道。「季娜琪卡[1]，這是我們鄰居的兒子，V先生。敢問您叫什麼名字？」

「弗拉基米爾。」我一面回答，一面起身，因為緊張而低聲嘟囔著。

「父名[2]呢？」

「彼得羅維奇。」

[1] 季娜琪卡為女主角名字「季娜依達」的暱稱。

[2] 俄文姓名全稱包含三部分——名、父名、姓；應對時以名和父名連稱表示尊敬。——編注

「唉呀！我認識一位警察局長也叫弗拉基米爾．彼得羅維奇。沃尼法契！別找鑰匙了，鑰匙在我口袋裡呢。」

年輕女孩仍然微笑望著我，微微瞇縫雙眼，略歪著頭。

「我已經見過這位瓦里德馬爾[1]先生。」她開口說道。（她銀鈴般的聲音使我身體掠過一陣甜蜜的顫慄。）「您允許我如此稱呼您嗎？」

「當然可以。」我喃喃說道。

「在哪裡見過？」公爵夫人問。

公爵小姐沒有回答母親。

「您現在忙嗎？」她目不轉睛地看著我問道。

「一點都不忙。」

「您願意幫我解開毛線嗎？到這裡來，到我房裡來。」

她朝我點點頭，離開客廳，我跟隨在後。

我們走進房間，裡頭的家具要好一些，擺設相當有品味。不過，那一刻我幾乎無

---

[1] 瓦里德馬爾為弗拉基米爾的法語稱呼。

暇注意任何事情：我宛如遊蕩在夢裡，全身充滿某種近乎愚蠢的強烈幸福感。

公爵小姐坐下，取出一綑紅色毛線，朝我指著她對面的椅子，仔細地解開線綑並將毛線套到我手上。整段時間她不發一語，促狹似地放慢速度，微啟的朱唇上依然留著狡黠的淺笑。她著手將毛線繞在對折的紙板上，冷不防朝我投來清澈、迅速的一瞥，我不由得垂下雙眼。當她睜大那雙多數時候半開半闔的眼睛時，整張臉蛋會登時蛻變，彷彿光亮遍灑她臉上。

「您昨天是怎麼想我的，瓦里德馬爾先生？」半晌過後，她問道。「您多半在心裡譴責我吧？」

「我……公爵小姐……我沒有任何想法……我怎麼能……」我困窘地回答。

「聽著，」她表示抗議。「您還不瞭解我。我跟一般人不一樣，我要別人總是對我說真話。聽說您十六歲，我廿一歲。您瞧，我比您大了許多，因此您必須永遠對我說實話……而且要聽從我。」她補充說。「看著我。為什麼您不看著我？」

我愈加困窘，不過仍然抬起頭看她。她露出一抹微笑，與先前不同的是，這回帶有讚許的意味。

「看著我。」她溫柔地輕聲說。「我並不介意……我喜歡您的臉，我有預感我們會成為好朋友。那麼，您喜歡我嗎？」她狡黠地問。

「公爵小姐……」我正打算開口。

「首先，叫我季娜依達．亞歷山德羅夫娜；再來，小孩子——年輕人（她糾正道）——為什麼說話不直截了當？只有大人可以這麼做。您是喜歡我的吧？」

雖然我很高興她對我如此坦率，卻不免感到些微氣惱。我想讓她知道她不是在對待一個小男孩，於是盡可能擺出神態自如又嚴肅的神情說：

「當然，我很喜歡您，季娜依達．亞歷山德羅夫娜，我也無意掩飾這一點。」

她緩緩地搖搖頭。

「您有家庭教師嗎？」她忽然問。

「沒有，我早就沒有家庭教師了。」

我撒了謊，事實上，我的法國教師離開還不到一個月的時間。

「噢！我看得出來您已經是個大男孩了。」

她輕輕拍了拍我的手指。

「把手伸直！」她專注地纏起了毛線。

我利用她低頭的機會端詳她，起先只是偷偷打量，接著愈來愈大膽。在我看來，她的臉龐比前一天更迷人，整張臉相當細緻、聰慧又討人喜歡。她背對掛著白色窗簾的窗子坐著，透過窗簾射進來的柔和陽光，灑在她蓬鬆柔軟的金髮、純真的頸子、傾斜的肩膀和呼吸均勻的酥胸前。我望著她，對我來說，她變得珍貴又親近，感覺我們好像已經相識了好長一段時間！在這之前，我蒙昧無知，也不曾真正活過。她身上穿著已經老舊的深色連衣裙和圍裙，如果可以的話，我願意輕輕撫摸那件連衣裙和圍裙的每一道皺摺；她連衣裙下襬露出靴子的尖端，我願意愛慕地朝那雙靴子跪下……

「瞧，我就坐在她面前，」我心裡想。「已經與她相識……老天，這是何等的幸福！」我欣喜若狂地幾乎要從椅子上跳起來，不過只是晃了晃雙腳，好像吃到可口點心的小孩。

我感覺如魚得水般自在舒適。我樂意一直待在這個房間，不願離開現在的位子。

她慢悠悠地抬起眼簾，那明亮的雙眸再次溫柔地在我面前閃爍——她又再微微一笑。

「瞧您看我的眼神！」她緩緩說道，豎起手指，對我提出警告。

我雙頰緋紅……「她什麼都知道，一切都看在眼裡。」我腦海中掠過這個念頭。「不過，她怎麼可能不知道或看不見呢！」

突然間，隔壁房傳來撞擊聲——是軍刀的清脆碰撞聲。

「季娜！」公爵夫人在客廳大喊。「別拉伏佐洛夫帶了隻小貓給妳。」

「小貓咪！」季娜依達驚叫一聲，自椅子上一躍而起，將毛線團丟到我膝蓋上，跑了出去。

我也站起來，將成束的毛線和線團放到窗台上，走進客廳，困惑地停住腳步。房間中央躺著一隻攤開四肢的小花貓。季娜依達跪在牠前面，小心地抬起牠的頭。公爵夫人身邊有位金色捲髮的年輕人，是個面色紅潤、雙目圓凸的輕騎兵，一個人幾乎遮住了窗戶間的整片牆面。

「真滑稽的小傢伙！」季娜依達說道。「而且牠的眼睛不是灰色，是綠色的；還有一對好大的耳朵！謝謝您，維克多．伊果雷奇！您真是非常貼心。」

我認出這位輕騎兵是前一天見到的年輕人之一。他面露微笑並鞠了個躬，靴子上的馬刺咔嗒一響，軍刀的環扣發出叮噹聲。

「您昨天說過想要一隻大耳朵的小花貓……於是我就給您弄來了。您說的話就是金科玉律。」他再次鞠躬。

小貓微弱地發出叫聲，開始在地板上東聞西嗅。

「牠餓了！」季娜依達喊道。「沃尼法契！索妮雅！拿牛奶來。」

身穿老舊黃色連衣裙、脖子上圍著略微褪色頭巾的女僕端著一小碟牛奶走進來，擺在小貓面前。小貓哆嗦了一下，瞇起眼睛，開始舔牛奶。

「牠的小舌頭多麼紅潤呀！」季娜依達指出，將頭低垂到幾乎碰觸地板，從側面湊近仔細端看貓咪。

小貓填飽肚子，打起呼嚕，裝模作樣地揮動腳爪。季娜依達站起來，轉向女僕，滿不在乎地說：

「把牠帶走。」

「為了小貓，請讓我親吻一隻手吧。」輕騎兵說道。他咧嘴微笑，扭動緊繃在嶄新制服裡的健壯身軀。

「兩隻手。」季娜依達反駁，並朝他伸出手。當他親吻她的雙手時，她隔著輕騎兵的肩膀看著我。

我一動不動地站在原地，不知道應該要笑，還是說點什麼，或是就這樣保持沉默。忽然間，透過前廳敞開的門，我注意到我們家僕人費多爾的身影。他朝我揮揮手，我下意識朝他走去。

「什麼事？」我問。

「媽媽讓我來找您。」他小聲說。「她因為您還沒帶口信回家，正生著氣。」

「難道我在這邊待很久了嗎？」

「一個多鐘頭了。」

「一個多鐘頭！」我不由得重複道，接著回到客廳行禮道別。

「您要去哪裡？」公爵小姐從輕騎兵身後瞧了我一眼，問道。

「我必須回家了。」我轉向老夫人補充說道。「那麼，我會說您一點到兩點之間將光臨寒舍。」

「就這麼轉告，少爺。」

公爵夫人匆匆取出鼻菸盒，吸的時候發出偌大響聲，使我不禁打了個哆嗦。

我再次行禮後，轉身離開房間，感到背後不自在，大凡少不更事的年輕人知道背後有人緊盯著時，都會有這種感覺。

「瓦里德馬爾先生，您可要常到我們家作客呀。」季娜依達喊道，又笑了開來。

「她為什麼老是笑個不停？」我在費多爾陪伴下返家時如此想著。他一語不發，不以為然地跟在我後頭。媽媽斥責了我一頓，同時不免詫異我為何在公爵夫人家裡逗留這麼久？我沒有回答她便回到自己的房間，突然傷心起來……只能強忍不讓眼淚掉下來……因為我對輕騎兵心生嫉妒。

5

公爵夫人依約前來拜訪母親，不過她不得母親的歡心。她們會面時我不在場。用餐時，母親告訴父親她認為這位札謝金娜公爵夫人是個「相當低俗的女人」[1]，她一再請求母親替她向謝爾蓋公爵說情，令人厭煩；她還提到公爵夫人遭到訴訟和「討厭的金錢糾紛」[2]纏身，認為她肯定是個很愛挑撥是非的人。然而，母親又說自己邀請她明天帶著女兒一起過來吃午飯（聽見「帶著女兒」這幾個字時，我將臉深深埋進餐盤裡），因為好歹她是鄰居，而且是個有頭銜的人物。聽到這裡，父親告訴母親他記起了那位夫人是誰，說他年輕時認識已故的札謝金公爵，是個受過良好教育，卻毫無

[1] 原文用法文「une femme tres vulgaire」。

[2] 原文用法文「des vilaines affaires d'argent」。

內涵又滿口胡言的人；在社交圈中，人們稱他「巴黎人」[3]，因為他居住在巴黎很長一段時間；他曾經相當富有，但是輸光了所有財產，後來不知為了什麼原因，多半是為了金錢才去娶了某個小公務員的女兒，婚後沉迷投機買賣，終至傾家蕩產——「話說回來，他原本可以找到更好的對象。」父親補充一句，冷冷地微微一笑。

「但願她別開口借錢才好。」母親說。

「很有可能。」父親平靜地說。「她說法語嗎？」

「說得糟透了。」

「嗯。可是這點無關緊要。妳似乎提到也邀請了她的女兒，有人向我保證，說她是個討人喜歡又有教養的女孩。」

「啊，那她肯定不像媽媽！」

「也不像爸爸。」父親表示。「他雖然有教養，但很愚蠢。」

母親嘆了口氣，陷入沉思；父親也不再吭聲。整段談話期間，我都相當不自在。

午餐過後，我到花園散步，但是沒有攜帶槍枝。我暗自發誓絕不走近「札謝金娜

---

[3] 原文用法文「le Parisien」。

的花園」，但是難以抗拒的力量牽引我朝那個方向走去，事實證明我並非白走一趟。我還沒走近柵欄便看見季娜依達，這回她隻身一人，手上拿著一本書，沿著小路徐徐漫步。她沒有發現我。

我幾乎讓她擦身而過，急忙回過神來，咳嗽了一聲。

她回過頭，卻沒有停下腳步，只是用手撥開圓草帽上的藍色寬緞帶，瞥了我一眼，淺淺一笑，再度將眼光移回書本上。

我摘下鴨舌帽，在原地遲疑了半晌，才懷著沉重的心情走開。「對她而言，我算什麼呢？」[1] 我心裡用法文（天知道為什麼）想道。

熟悉的腳步聲在我身後響起，我回頭看，父親踏著一貫輕快的步子朝我走來。

「那是公爵小姐嗎？」他問我。

「是公爵小姐。」

「難道你認識她？」

「我今天早上在公爵夫人家中見過她。」

---

[1] 原文用法文「Que suis-je pour elle?」。

父親停下來，踏著腳後跟猛地向後轉並往回走。趕上季娜依達後，他彬彬有禮地向她點頭行禮，她也頷首回應，並垂下書本，神情不無驚訝。我看見她如何用眼神目送他。我父親打扮穿著總是優雅出眾、別出心裁又簡潔，但是，我不曾見過他的體格有如此刻般勻稱，他的灰色帽子那麼出色地戴在他那略微稀薄的捲髮上。

我打算走到季娜依達身邊，她卻連瞧都沒有瞧我一眼，便再度捧起書本走遠了。

6

整個晚上和次日早晨我都處於委靡不振的麻木狀態。我記得我拿起卡以當諾夫編的課本試著用功，不過，著名教科書裡排列寬鬆的字句和頁面只是徒然地掠過我眼前。「尤利烏斯．凱撒以驍勇善戰出眾」這句話我讀了十遍，卻完全不明瞭其中的意思，只好把書丟到一旁。午餐前，我又抹上髮油，再次換上新禮服和領帶。

「這是做什麼？」母親問。「你還不是大學生，天曉得你能不能順利通過考試。再說，你的短外套不是才剛做不久嗎？可別擱著不穿！」

「有客人要來。」我近乎絕望地小聲說道。

「胡說！那算什麼客人！」

我只好聽從母親，脫掉長禮服，換上短外套，不過仍然繫著領帶。公爵夫人與女兒在午餐前半小時抵達。老夫人在我看過的綠色連衣裙外頭披上黃色披肩，頭戴火紅色緞帶裝飾的老式包髮帽。她立刻開口談起自己的期票，唉聲嘆氣，抱怨自己的貧困到「苦苦哀求」的程度，毫不拘謹，並且一樣響亮地吸著鼻菸，一樣隨意地在椅子上轉身扭動，似乎壓根沒留意到自己貴為公爵夫人。然而，季娜依達表現得像個道地的公爵小姐，舉止大方，近乎傲慢，臉上一副冷漠、僵硬又莊重的神情。雖然我認為她這副嶄新的面貌很美麗，卻不認得她，不認得她的眼光、她的微笑。她穿著淡藍色花紋的輕便薄紗連衣裙，英式的長髮捲落在臉頰兩旁，這種髮型恰巧搭配她臉上冷漠的神情。午餐時，我父親坐在她身邊，用他特有的優雅、從容有禮的態度招呼著鄰座客人。他偶爾瞧瞧她，她也偶爾回敬，眼神卻相當不尋常，幾乎帶有敵意。他們用法語交談，我記得季娜依達純正的法語發音讓我很詫異。午餐時，公爵夫人一如以往，毫不客氣地大吃大喝，對菜餚讚不絕口。母親顯然認為她很令人苦惱，用悶悶不樂的輕蔑態度回應她的談話，父親則是偶爾蹙起眉頭。季娜依達同樣不得母親的歡心。

「傲慢的女孩。」她次日這麼說。「想想看，『一副輕佻女子的模樣』[1]，有什麼好驕傲的！」

---

[1] 原文用法文「avec sa mine de grisette」。

「妳顯然沒見過輕佻的女子是什麼樣子。」父親對她說。

「謝天謝地！」

「當然啦，謝天謝地……不過，既然如此，妳又如何能夠評斷她們呢？」

季娜依達毫不理會我。午餐過後不久，公爵夫人便開口告辭。

「我就寄望兩位的庇護了，瑪莉亞．尼古拉耶夫娜與彼得．瓦西里維奇。」她用歌頌般的音調對母親與父親說道。「能怎麼辦呢！曾經有過好日子，但都過去了。我雖然算得上是個貴族，」她補充，發出令人不悅的笑聲。「但是，如果連吃的都沒有，有頭銜也沒什麼用。」

父親恭敬地朝她行禮，送她到前廳大門。我穿著過短的外套站在原地，彷彿被宣判死刑似地盯著地板，季娜依達對我的態度讓我萬念俱灰。因此當她經過我身邊，眼裡懷著先前溫柔的目光並飛快低聲對我耳語時，我相當訝異。

「八點到我們家來。聽好，一定要來……」

我才剛攤開手，她已經將白色圍巾罩到頭上離開了。

7

我穿著禮服，微微梳高前額的頭髮，準時八點走進公爵夫人屋子的玄關。老僕人悶悶不樂地瞧我一眼，不情願地自板凳上起身。客廳裡傳來熱鬧的聲音。我打開門，驚訝得不禁向後退了一步。公爵小姐站在客廳中央的椅子上，身前端著一頂男士的帽子；五個男子圍在椅子四周，竭力想把手探進帽子裡，可是她將帽子高高舉起，使勁搖晃。一看見我，她大聲說道：

「等等，等等！有新的客人，也要給他一張籤票。」接著她輕盈地自椅子上跳下來，拉住我的禮服袖口。「來吧。」她說。「幹嘛杵在那兒。『各位先生』[1]，跟你們介紹一下：這是瓦里德馬爾先生，我們鄰居的少爺。而這位是，」她轉向我，依序指著每

[1] 原文用法文「Messieurs」。

位客人繼續說。「馬列夫斯基伯爵、盧申醫生、詩人邁當諾夫、退休上尉尼爾馬茨基，還有您已經見過的輕騎兵別拉伏佐洛夫。請諸位多多關照。」

我因為過於困窘，居然忘了向任何人點頭致意。我認出盧申醫生就是那位在花園裡不留情面地嘲弄我的黑頭髮黑皮膚先生，其他人我並不認得。

「伯爵！」季娜依達繼續說。「請為瓦里德馬爾先生寫張籤。」

「這不公平。」伯爵表示抗議，說話帶有些許波蘭口音。他是個長相俊美、衣著入時的黑髮男子，有雙靈活的褐色眼睛、狹窄白皙的鼻樑，小巧的嘴巴上蓄著精緻的鬍子。「他並沒有參加我們的方特遊戲[1]。」

「是不公平。」別拉伏佐洛夫和被稱為退休上尉的先生齊聲附和。退休上尉年約四十開外，一張醜陋無比的麻臉，頭髮跟黑人一樣捲，駝背、羅圈腿，帶穗肩章的軍服大大敞著。

「我說寫張籤。」公爵小姐重申道。「想造反嗎?瓦里德馬爾先生是第一次加入

---

[1] 一種團體遊戲名稱，參加者交出一張記載要做的事情（通常是傻事）的紙片作籤，此籤即稱「方特」，每人輪流抽籤，受罰者需按籤上內容照做一次。

我們，今天所有規矩對他都不適用。別再抱怨了，快寫，我說要這麼做就這麼做。」

伯爵聳聳肩，不過仍然順從地低下頭，用戴滿寶石戒指的白皙手指取了枝筆，撕下一小片紙，開始在上頭寫字。

「至少允許我向瓦里德馬爾先生解釋這是怎麼回事，」盧申用挖苦的語氣開口說道。「不然他一副完全不知所措的樣子。年輕人，您瞧，我們正在玩方特遊戲，公爵小姐必須挨罰，誰能抽中那張幸運的籤票，就有權利親吻她的小手。我的解釋您聽得懂嗎？」

我只是望著他，彷彿神智不清地繼續呆站著。公爵小姐再次跳到椅子上，又開始晃動帽子。大家都朝帽子伸出手，我也湊了上去。

「邁當諾夫，」公爵小姐朝那臉頰瘦削、一雙近視小眼睛和過長黑髮的年輕人說。「您身為詩人，理當慷慨地將您的機會讓給瓦里德馬爾先生，好讓他有加倍抽中籤票的機會。」

但是邁當諾夫卻搖搖頭，甩了甩頭髮。於是我最後一個將手伸進帽子，拿出紙張打了開來……老天！當我看到上頭寫著「親吻！」時，心中的感受簡直無法形容！

「親吻！」我忍不住嚷著。

「太好了！他抽中了。」公爵小姐說。「我太高興了！」她自椅子上下來，用清澈又含情脈脈的眼神望著我，使得我內心怦然跳動。「您呢，高興嗎？」她問我。

「我？……」我囁嚅道。

「把籤賣給我。」別拉伏佐洛夫冷不防地在我耳邊說。「我會付您一百盧布。」我用憤怒無比的眼神回應輕騎兵，使得季娜依達拍起手來，盧申則大喊：好小子！

「然而，」醫生繼續說。「身為遊戲主持人，我有義務監督所有規則都得切實遵守。瓦里德馬爾先生，請單膝跪下，這是規矩。」

季娜依達站到我面前，略側著頭，彷彿為了更仔細地端詳我，鄭重其事地朝我伸出手。我感到一陣目眩，原本打算單膝跪地，卻雙膝一起跪了下來，而且嘴唇極為笨拙地碰觸季娜依達的手指，以至於鼻尖被她的指甲輕輕劃傷。

「行了！」盧申喊道，扶我起身。

方特遊戲繼續進行。季娜依達讓我坐在她身邊。她發明的處罰方式真是五花八門！有一回她受罰扮演「雕像」，於是挑選醜陋的尼爾馬茨基當台座，命令他臉朝下趴著，還要把頭埋在胸前。哈哈笑聲從頭到尾不曾停歇。我是個在規矩上流人家長大的男孩，獨自接受嚴肅的教育，所有這些喧嘩吵鬧，這些肆無忌憚，幾近失控的歡樂，還有未曾體驗過的與陌生人們的接觸讓我陶醉。我像喝了酒一樣醺醺然。我的笑聲與談話聲逐漸蓋過其他人，當時老公爵夫人正與某個從伊比利亞城門請來的小公務員坐在隔壁房間商量事情，連她都跑到客廳來瞧瞧我是怎麼回事。但是我感覺幸福得不得了，到了那種人們說的一切都無所謂的地步，絲毫不把別人的嘲笑和異樣眼光放在心上。季娜依達繼續對我另眼看待，一刻都不讓我離開身邊。有一回挨罰時，我有幸坐在她身旁，與她罩在同一條絲巾底下，被迫向她坦承自己的祕密。我記得我倆的頭突然落在悶熱、半透明又芳香的黑暗中，在那片黑暗中，她的雙眸如此親切柔和地閃耀著，輕啟的朱唇如此溫熱地呼吸著，唇間的皓齒時而浮現，她的髮尖撩得我又癢又燙。我沉默不語。她神祕又調皮地笑著，最後對我耳語道：「唔，怎麼樣？」我卻只是滿臉緋紅，笑著把臉轉開，幾乎喘不過氣來。我們厭煩了方特遊戲後，開始玩起翻花繩。老天！當我因為心不在焉而被她用力敲打手指時，我是多麼欣喜；之後我刻意假裝心不在焉，她卻故意逗我，硬是不碰我伸出來的手。

那個晚上，我們還想出多少娛樂的點子！我們彈鋼琴、唱歌、跳舞，扮成吉普賽大家族，把尼爾馬茨基裝扮成大熊，灌他喝鹽水。馬列夫斯基伯爵向我們展示各式各樣的撲克牌魔術，最後表演玩惠斯特牌戲，他重新洗牌後，把王牌都發到自己手中，盧申對此表示「很榮幸地恭喜他」。邁當諾夫為我們朗誦自己創作的長詩《凶手》片段（當時正值浪漫主義鼎盛時期），他打算用血紅色字體將書名印在黑色書皮上出版這部作品。我們從伊比利亞城門來的小公務員膝蓋上偷走他的帽子，並強迫他跳一段哥薩克舞當作贖回帽子的條件；我們還幫沃尼法契綁上包髮帽，公爵小姐則戴上男士的帽子……花樣多得不勝枚舉。只有別拉伏佐洛夫一人大部分時間待在角落，看起來愁眉不展，生著悶氣……有時他雙眼充滿血絲，整張臉發紅，彷彿立刻要撲上我們大夥兒，把我們像木屑般甩到四面八方；不過，公爵小姐會不時看看他，舉起手指作勢警告，他便又再度縮回自己的角落。

我們終於精疲力盡，連自稱依然健步如飛，不受任何吵鬧打擾的公爵夫人都感到疲倦，表示要休息了。十二點多時端上的晚餐是一小塊不新鮮的乾乳酪和包著廉價火腿的冷餡餅，我卻覺得吃起來比任何餡餅都美味；酒只有一瓶，而且有點奇特，顏色漆黑，瓶頸鼓起，裡頭的酒卻是粉紅色，事實上，沒有人碰那瓶酒。我走出屋子時，感到十分疲憊又幸福。臨別之際，季娜依達緊緊握了握我的手，再度露出神祕莫測的微笑。

夜晚厚重潮溼的氣息朝我炙熱的臉上撲來，看來有場雷陣雨就要來臨了。漆黑的烏雲不斷膨脹，在天際匍匐前進，無時無刻變換著煙霧騰騰的輪廓。微風焦躁不安地在幽暗的林木間騷動，天陲之外某個遙遠的地方，雷聲彷彿正用憤慨又低沉的嗓音喃喃自語。

我經由後門溜回自己的房間。我的貼身僕人睡在地上，我必須跨過他。他醒了過來，看見我，向我通報母親又在生我的氣，本想派他去喚我，但是被父親阻止。（我從來不曾沒有跟母親道晚安並請求她的祝福就上床就寢。）不過此時也沒有辦法了！

我告訴僕人我會自己脫掉衣服並躺下睡覺後，便熄掉蠟燭。不過，我既沒有脫掉衣服，也沒有躺下睡覺。

我坐到椅子上，宛如著魔般坐了好長一段時間。我感受到的事物是如此新鮮、甜美……我一動不動地坐著，茫然環顧四周，呼吸緩慢，一會兒因為腦海中重現的記憶輕聲發笑，一會兒內心發冷，因為想到自己戀愛了，想到這就是了，這就是愛情的樣子。黑暗中，季娜依達的臉龐在我眼前飄忽蕩漾，卻始終沒有消失：她臉上仍然掛著謎樣的微笑，眼睛微微斜睨著我，充滿好奇、若有所思又柔情萬千……就像我跟她道別的那一刻一樣。我終於起身，躡手躡腳走到床邊，沒有脫下衣服，小心翼翼地將頭擱在枕頭上，彷彿擔心劇烈的動作會驚擾到盈滿我內心的情感……

我躺下來，卻沒有闔眼。很快地，我發現有微弱的反光不斷透進房間。我撐起身子往窗戶瞧，窗框在神祕又朦朧發白的玻璃上清晰浮現。「雷陣雨。」我心裡想。確實有過一場雷雨，不過在很遠的地方，因此甚至聽不到雷鳴，只有天空不斷迸出微弱而分岔的長條閃電，與其說它們是迸射而出，不如說像垂死的鳥兒般抖動抽搐更為貼切。我起身走到窗邊，佇立到天明……閃電一刻也不曾停歇，這是個常言說的「雀夜」[1]。我望著寂靜的沙地、毋憂園裡大塊的陰影，以及遠方建築物那似乎也隨著每次微弱閃電而顫動的發黃門面……我就這樣望著，無法移開視線。那些靜默的閃電、含蓄的明滅閃光，似乎與迸發自我內心的靜謐而神祕的衝動相互呼應。天色逐漸淡開，朝陽鮮紅的斑點破空而出。隨著太陽逼近，閃電逐漸黯淡、收縮，顫動的次數也隨之減少，終至被新來乍到的一天清新又無可置疑的亮光所掩沒，完全消失……

我內心的閃電也消逝了。我感受到極度的疲憊與寧靜……然而，季娜依達的形象繼續以勝利之姿盤旋在我心上，不過顯得相當安詳，宛如自蘆葦中振翅而出的天鵝，與周遭其他醜陋的形影截然不同。在逐漸入睡的當刻，我最後一次貼近那身影，依依

---

[1] 在俄文中，「雀夜」用來形容雷電交加的夜晚。

不捨向它告別，滿懷毫無保留的傾慕之情……

噢，溫順的情感、柔和的聲響、深受感動的心靈蘊藏的良善與平靜、初嚐戀愛滋味那令人融化的喜悅——你們如今在何方？在何方？

8

次日早晨我下樓喝茶時，母親訓斥了我一番，卻比我預期的簡短。她要我說出前一天晚上的情形，我簡單地回答她，略過許多細節，試著讓描述的內容聽起來天真無邪。

「他們到底不是『有教養的人』[1]。」母親指出。「你應該準備考試，好好用功，而不是到他們那兒去閒蕩。」

我很清楚母親對我學習上的關心只會侷限於這幾句叮嚀，因此我不認為需要反駁她。不過，喝完茶後，父親挽著我的胳膊一同走到花園去，讓我一五一十說出在札謝金娜家所見所聞的每一件事。

[1] 原文用法文「comme il faut」。

我父親對我擁有奇特的影響力，我們的關係也同樣奇特。他幾乎不曾花心思在我的教育上，但也從來不會對我出言不遜；他尊重我的自由，甚至，如果能夠如此表達的話，待我總是相當客氣……只是，他從不讓我接近。我鍾愛他，欣賞他，在我眼中，他是男人的典範，而且，老天啊，若不是因為我時時刻刻感到他拒人於千里之外，我將會多麼熱切地依戀他！不過，只要他願意，他便有辦法用一句話或一個動作立刻喚起我內心對他無限的信賴，我會敞開心胸，彷彿跟一位通情達理的摯友，一位寬厚的導師般地和他談天……接著他會同樣毫無預警地拋下我，再度伸手將我推開——儘管溫和輕柔，卻不容置疑。

有時他會心情大好，像個小男孩一樣和我追逐、嬉鬧（他喜歡各式各樣劇烈的體力活動）。有一回——也就那麼一回！——他溫柔無比地對我表現親熱，讓我幾乎哭了出來……不過，他的好心情和親切隨後又消失無蹤，我們之間發生的一切不會讓我對未來懷抱任何希望，彷彿只是我做了一場夢。有時我會仔細端詳他聰穎、俊美又安詳的臉龐……內心因此顫抖，身心受他牽引……他似乎感應到我內心的情感，會隨手拍拍我的臉頰，隨後走開，或是做其他事情，或者突然以他特有的方式發愣，這時，我會立即瑟縮起來靜止不動。他極少對我表露的親暱情感總是毫無預警地出現，且從來不是出於回應我無聲卻顯著的祈求。日後我揣摩父親的性格時，獲致的結論是：他根本無暇顧及我和家庭生活，他鍾愛的是其他事物，也在其中獲得全然的滿足。「能取的儘管取，但別任人擺布，要做自己的主人，這是生命中最重要的事。」有一回他這樣對我說。還有另外一次，我以年輕民主主義者自居在他面前評論自由的議題（當天他處於我所謂的「親切」狀態，這時我可以盡量跟他談東說西）。

「自由，」他重複。「你可知道，什麼東西可以給人自由？」

「什麼？」

「意志力，自身的意志力，它還會帶來比自由更好的權力。只要放膽去要，就會獲得自由，獲得命令的權力。」

我父親最想要的就是生活，他也盡情地揮霍……或許因為他預感自己注定無法長久享受「生命中最重要的事」。他四十二歲便撒手人寰。

我鉅細靡遺地對父親敘述我在札謝金娜家作客的情形。他坐在長凳上，用馬鞭末梢在沙地上畫著，專心中又帶點散漫地聽我說話，偶爾露出微笑，向我投來清澄的眼神饒富興味，用簡短的問題和回應慫恿我繼續說。我起先甚至不敢說出季娜依達的名字，不過還是忍不住，開始讚美她。父親仍然輕聲笑著，接著陷入沉思，伸伸懶腰，站了起來。

我想起剛才走出家門時他下令備馬。他是個傑出的騎士，早在著名馴馬師萊利先生之前就有本領馴服最狂野的馬兒。

「我能跟你一起去騎馬嗎，爸爸？」我問。

「不。」他回答，臉上恢復慣有的漠然、溫和神情。「如果你想要，就自己一個人去吧，不過你告訴馬車夫說我不去騎馬了。」

他轉身背對我，快步離去。我目送他走出大門外，看見他的帽子沿著柵欄移動，進入札謝金娜家。

他在她們家待不超過一個小時，接著立刻到城裡去，直到傍晚才返家。

午餐過後，我自己前往札謝金娜家。在客廳裡，我只找到公爵老夫人獨自一人。她看見我的時候，用鉤針的尾端伸進帽子底下搔了搔頭，突然問我是否能幫她謄寫一張申請文件。

「我很樂意。」我應答後，在椅子前沿坐下。

「請留意把字寫大一點。」公爵夫人遞給我一張髒兮兮的紙張時吩咐。「可以今天謄好嗎，小少爺？」

「今天就會謄好。」

隔壁房門微微開啟，門縫中出現季娜依達的臉，那張蒼白的臉蛋若有所思，頭髮隨意朝後攏著。她用冷漠的大眼睛看看我後，安靜地把門關上。

「季娜！季娜啊！」老夫人喊道。季娜依達沒有回應。我帶走老夫人的申請表，整個晚上忙著謄寫這份文件。

9

我的「激情」自那天開始。我想，自己當時的感覺應該與甫到職上任的人相去不遠：我已經不再是個少不更事的小男孩，我戀愛了。我方才提到我的激情自那天開始，我也可以補充說，我的折磨也是同一天開始。見不到季娜依達時，我便難受萬分，無法思考，變得笨手笨腳，整天滿腦子只惦記著她……只是感到難受……不過，見到她也不會比較好過。我會嫉妒，會意識到自己的微不足道。我愚蠢地賭氣，愚蠢地卑躬屈膝，儘管如此，難以抗拒的力量依然牽引著我到她身邊；每次踏近她的房間，我會不由自主幸福得顫抖起來。季娜依達立刻看出我愛上她了，我不曾企圖隱瞞。她拿我的癡迷尋開心，哄我，寵我，折磨我。能成為他人最大的喜悅和痛苦的唯一且不容辯駁的原由是件美好的事，我甘心被季娜依達馴服得服服貼貼。話說回來，愛慕她的不只我一位：所有拜訪她家的男士都為她神魂顛倒，她讓每個人都乖乖聽話，拜倒在她的裙下。她一會兒燃起他們內心的希望，一會兒挑起憂慮，隨心所欲地擺布他們（她稱之為：抓起人們互相碰撞），以此為樂，他們卻不曾起過反抗的念頭，而是甘心臣服於她。在她充滿生命力又美麗的外表下有某種格外迷人的特質，揉合了狡黠和輕率、造作與單純、安靜與活潑。她的所作所為和舉手投足都洋溢著某種細微靈巧的魅力，散發出獨樹一幟又無比熱情的力量。她的表情無時無刻在變換，可以同時表現出嘲笑、深思與熱情。她的眼睛與雙唇不時掠過各式各樣的情緒：輕快的、稍縱即逝的，就像天晴多風的日子裡雲層投下的陰影。

每一位愛慕者對她而言都不可或缺。她有時稱別拉伏佐洛夫「我的野獸」，有時只簡稱他「我的」；他心甘情願為她赴湯蹈火，儘管不對自己的聰明才智或其他優點抱任何期望，仍不停向她求婚，暗示別人只是空口說白話。邁當諾夫則是回應她靈魂中情感豐沛的心弦，他幾乎跟所有創作者一樣，是個頗為冷漠的人，卻極力使她——也或許是使自己——相信他崇拜她，在一篇篇的詩歌中讚頌她，用某種造作又真誠的熱情對她朗誦作品。她對他寄予同情，態度中帶著些許嘲弄；她不相信他的情感，聽夠了他的傾訴後，會強迫他朗誦普希金，為的是像她說的，淨化一下空氣。盧申，這位講話愛挖苦又刻薄的醫生，比任何人都瞭解她，即使會在背後或當面斥責她，事實上他比其他人更愛她。她很尊敬他，但也沒有放過他，有時會懷著奇特又幸災樂禍的快感讓他意識到他也逃不出她的手掌心。「我是個愛賣弄風情的女人，我沒有心肝，是個天生的女演員。」有一回她當著我的面對他說。「欸，好吧！把您的手伸出來，我要用針刺它，您會在這位年輕人面前覺得羞愧，還會感到疼痛，不過請您呀，說真話先生，還是非笑不可。」盧申滿臉通紅，別過身子緊咬雙唇，最後還是伸出手。她用針扎他，他果然笑了……她跟著笑了起來，將針扎得更深，緊緊盯著他那雙徒然游移閃躲的眼睛……

最令我費解的是季娜依達與馬列夫斯基伯爵的關係。他長相英俊，身手矯捷又聰明，不過卻有種可疑、虛假的特質，連我一個十六歲的男孩都能感覺得到。我很驚訝季娜依達居然沒有察覺這一點，也或許她察覺到了他的虛偽，卻不厭惡。這位年輕女孩所受的非正規教育、奇特的交友對象和習慣，以及家裡貧困、環境凌亂、母親又幾乎寸步不離，再加上她享有完全的自由，意識到自己高人一等，以上種種都助長了她些許輕蔑又玩世不恭的態度。不管發生任何事情，無論是沃尼法契通報糖用完了，還是傳出某個難聽的謠言，或是客人們起了爭吵，她都絲毫不放在心上，只是甩甩捲髮，說聲：「沒什麼好大驚小怪的！」

馬列夫斯基會像狐狸一樣狡猾地晃到她身邊，優雅地靠在她的椅背上，臉上掛著洋洋得意又諂媚的微笑在她耳邊悄聲說話，她則雙手交叉胸前，專注地看著他，露出微笑並搖搖頭。看到這番情景，會讓我不禁血液沸騰。

「您為何要接待馬列夫斯基先生？」有一回我問她。

「因為他的鬍子蓄得相當漂亮。」她回答。「不過那不關您的事。」

「您不會以為我愛上他吧？」另外一回她這麼告訴我。「不，我無法愛上我瞧不起的人。我需要的是能夠征服我的人……老天保佑我別碰上這種人！我絕對不要落入任何人的手掌心，絕不！」

「這麼說來，您絕對不會愛上任何人？」

「您呢？難道我不愛您嗎？」她說完，用手套前端拍了一下我的鼻子。

沒錯，季娜依達經常尋我開心。整整三個星期我每天都見到她，她可以說對我為所欲為！她很少上我們家，不過我並不因此感到惋惜。在我們家裡，她會變成淑女、公爵小姐，我則變得靦腆。我害怕在母親面前露出破綻，因為她相當不欣賞季娜依達，而且不友善地觀察我們。我則不怎麼害怕父親，他彷彿沒有注意到我的存在，很難得跟她交談，不過一旦開口，說的話卻特別睿智又別具深意。我停止用功看書，甚至不再到附近地區散步或騎馬。我像隻被線綁住腳的甲蟲，不斷繞著心愛的屋子打轉，情願永遠待在裡頭……不過那是不可能的，因為母親嘮叨個不停，有時季娜依達也會趕我離開，遇上這種時候，我會反鎖在自己房裡，或是到花園盡頭，爬上高聳的石砌溫室廢墟，雙腳垂懸在面對大路的牆面上，坐上好幾個鐘頭，就這樣張眼望著，對任何事物都視而不見。在我身邊，白色的蝴蝶在灰塵滿布的蕁麻間慵懶地翩翩飛舞；快活的麻雀停在不遠處殘破的紅磚上惱人地吱吱喳喳，展開尾巴不停地轉來轉去；依然對我存疑的烏鴉高高停在白樺樹光禿的樹梢上，偶爾嘎嘎叫著；陽光與微風在稀疏的樹枝間悄聲嬉戲；時或傳來頓河修道院的鐘聲，靜謐又淒涼。我就這麼坐著傾聽、凝望，內心充塞各式各樣難以言喻的感受：有悲傷、喜悅、對未來的預感、渴望，以及對生命的懼怕。不過，當時我並不明白這一切，也無法為內心遊走的任何情感命名。如果可以的話，我會給這一切起個名稱，就叫季娜依達。

季娜依達仍然像貓對待老鼠一樣，不停地玩弄我。她一會兒和我調情，使我內心激動，因感動而融化；一會兒冷不防地將我一把推開，使我害怕接近她，也不敢抬眼看她。

我記得她曾經一連好幾天對我冷漠以待，讓我完全氣餒。怯生生地到她們家時，我盡可能待在公爵老夫人身邊，儘管當時她經常口出惡言，大聲嚷嚷，因為她的經濟狀況相當不好，也和警局打過兩次交道。

有一回我在花園裡行經熟悉的柵欄邊見到季娜依達。她雙手支著身子，一動不動地坐在草地上。我打算小心翼翼地離開，她卻突然抬起頭，朝我做出命令的手勢。我呆在原地，一開始不明白她的意思。她再度比了一次手勢，我立刻越過柵欄，高興地朝她跑去，不過她用眼神止住我，指著離她兩步遠的小路。我困窘地不知所措，便在小路邊緣跪了下來。她的臉色異常蒼白，輪廓的每個線條都顯露出沉重的哀傷和深切的疲憊，使得我內心彷彿被揪緊了似的，我忍不住喃喃說道：

「您怎麼了？」

季娜依達伸手摘下一根小草咬了咬，接著遠遠拋到一旁。

「您很愛我吧？」她終於開口問。「是嗎？」

我沒有回答她。我又何必回答呢？

「是的。」她肯定地重複，仍舊望著我。「這種眼神錯不了。」她說完後便陷入沉思，舉起雙手捂住臉。「我受夠了。」她悄聲說。「如果能離開此地，到世界盡頭去就好了。我無法忍受，無法應付……未來等著我的是什麼樣的命運！……噢，我心情沉重……老天，我心情多麼沉重！」

「為了什麼？」我怯怯地問道。

季娜依達沒有回答我，只是聳了聳肩膀。我繼續跪著，哀傷無比地望著她。她每一句話都深深扎進我的心窩。在那一刻，我願意犧牲自己的生命，換取她的憂傷。我看著她，卻猜不透為何她心情如此沉重，同時在腦海中生動地想像著她因為憂傷無法自制，才會突然走到花園裡，好像中彈般跌落地上。周遭一片明媚青翠，風兒在樹葉間簌簌作響，偶爾搖晃著季娜依達頭上的覆盆子樹枝，鴿子在某處咕咕啼叫，低低飛翔在稀疏草地間的蜜蜂發出嗡嗡聲。頭頂上的天空一片溫和蔚藍，我卻如此悲傷……

「隨便唸首詩給我聽吧。」季娜依達用手肘支著身子，小聲說。「我喜歡聽您唸詩。雖然您唸詩像唱歌似地，不過我不介意，這樣很有青春氣息。為我唸〈在格魯吉亞的山丘上〉[1]，不過要先坐下來。」

我坐下來，朗誦〈在格魯吉亞的山丘上〉。

---

[1] 〈在格魯吉亞的山丘上〉是俄國詩人普希金苦戀娜塔莉雅．岡察洛娃時於一八二九年創作的一首抒情詩，當時他首次求婚未獲得女方家長首肯，直到一八三一年兩人才結為連理。

「『無法不去愛』。」她重複其中一句。「這是詩美麗的地方：它向我們訴說不存在的事物，不僅如此，還訴說比現實美好的事物，而且更接近真實……無法不去愛──想要抗拒，卻辦不到！」她再度陷入沉默，接著忽然精神一振，站了起來。「走吧。邁當諾夫正陪著媽媽，他為我帶來新的長詩，我卻拋下了他，他現在也心裡不痛快……這是沒辦法的事！您總有一天會知道……只是千萬別生我的氣！」

季娜依達匆匆握了握我的手，跑到前頭。我們回到屋內，邁當諾夫為我們讀自己剛出版的《凶手》，不過我沒有心思聆聽。他如歌似地高聲吟誦自己的四音步抑揚格詩句，韻腳相互交錯，如鈴鐺般發出脆響，空虛又響亮，我只是盯著季娜依達，竭力想要瞭解她剛才說的最後幾句話。

又，或許，是神祕的情敵
出乎意料地征服了妳？──

邁當諾夫突然用鼻音喊出這兩行詩句，我的眼神和季娜依達的眼神交會，她垂下雙眼，臉上微微泛紅。我見到她臉紅，不禁因為驚恐而全身發涼。我以往會為她心生嫉妒，不過直到那一刻，她墜入情網的想法才掠過我的腦海：「我的老天！她戀愛了！」

10

我真正的折磨從那一刻開始。我絞盡腦汁、左思右想、反覆思量，盡可能暗地裡緊盯季娜依達的一舉一動。她內心產生了變化，這是顯而易見的。她經常獨自出門散步，而且散步很長一段時間。有時她不見客，待在自己房裡好幾個小時，以前她不曾有過類似的舉動。我忽然變得相當敏銳——或是我自以為如此。「是他嗎？或者是他？」我問自己，思緒焦躁地從一位愛慕者轉移到另外一位身上。私底下，馬列夫斯基伯爵在我看來比其他人更具威脅性，儘管我為承認這一點而替季娜依達感到羞愧。

我的觀察力僅止於自己的鼻尖，掩人耳目的技巧也顯然沒有騙過任何人，至少盧申醫生很快揭穿我。要提的是，近來他也變了，人瘦了，雖然跟以前一樣愛笑，不過笑聲變得比較沉悶、憤怒又短促，難以克制又神經質的惱怒取代了以往愛小小挖苦和佯裝尖酸刻薄的個性。

「您幹嘛老是往這裡跑，年輕人。」有一回他單獨和我留在札謝金娜家客廳的時候，對我這麼說。（公爵小姐去散步還沒回來，公爵夫人大呼小叫的聲音自閣樓傳來。她正在跟女傭拌嘴。）「您應該趁著還年輕多多學習、用功。但是您現在是在做什麼呀？」

「您又不知道我在家裡有沒有學習。」我表示抗議，傲慢中帶著心虛。

「談什麼學習！您腦子裡想的可不是這回事。唔，我不跟您爭辯……在您這年紀，這樣是正常的，只是您的選擇很不明智。難道您看不出來這是個什麼樣的地方嗎？」

「我不明白您的意思。」我指出。

「不明白？對您來說，這就更糟糕了。我認為自己有義務忠告您，我們這些上了年紀的單身漢們可以上這裡來：我們哪會出什麼事呢？我們閱歷無數，不會受到傷害，但是您還稚嫩，這裡連空氣都對您有害，相信我，您的身心會受到感染的。」

「怎麼會呢？」

「事實就是如此。難道您現在健康嗎？難道您現在正常嗎？難道您內心感覺良好，覺得舒坦嗎？」

「我內心是什麼感覺？」我說，儘管自己很清楚醫生是對的。

「欸，年輕人呀，年輕人。」醫生繼續說，他的神情彷彿暗示這幾句話當中暗藏著為我十分惋惜的味道。「您騙不了人的，感謝老天，畢竟您呀，還是把心思全寫在臉上的年紀。話說回來，這樣講道理有什麼用呢？我自己也不想上這兒來，要不是（醫生咬了咬牙）……我是一個這麼古怪的人。我驚訝的是，您這個聰明的人，怎麼會看不見周遭發生的事情？」

「周遭發生什麼事情呢？」我小心翼翼地接著問。

醫生看著我，臉上的神情既調侃又同情。

「我真是多管閒事，」他彷彿喃喃自語。「何必多嘴。總之，」他提高音量補充道。「我再說一次，這裡的氣氛不適合您。您喜歡待在這兒，但是您會喜歡的地方多得是！溫室裡的氣味也很芬芳，但是可不能住在裡頭。唉呀！聽我的勸，回頭去唸卡以當諾夫的教科書吧！」

公爵夫人走了進來，開始向醫生抱怨牙疼。接著季娜依達也出現了。

「啊，她來了。」公爵夫人繼續說。「醫生先生，請您唸她幾句。她整天喝加冰塊的冰水，難道這對她虛弱的肺部有好處嗎？」

「您何必這樣呢？」盧申問道。

「這樣會有什麼後果嗎？」

「什麼？您可能會感冒，因此送命。」

「真的？是這樣嗎？那倒好，是我的報應！」

「話不能這麼說！」醫生嘟囔著。

公爵夫人離開客廳。

「事實如此。」季娜依達回答。「難道活著很快活嗎？看看周圍……如何，很好嗎？或是您以為我不明白，以為我沒感覺？喝冰水帶給我快感，您卻一本正經地奉勸我，說不值得為了片刻的享受而拿生命去冒險。至於幸福，我根本不敢奢求。」

「是啊。」盧申指出。「任性與獨立……這兩個詞就把您給道盡了，您所有的天性就概括在這兩個詞裡。」

季娜依達神經質地笑起來。

「您太後知後覺了，親愛的醫生。您觀察力不足，跟不上腳步了，把眼鏡戴上吧。我現在沒有心思任性，因為愚弄您、愚弄我自己……要有趣多了！至於獨立嘛……瓦里德馬爾先生。」季娜依達忽然補了一句，並跺了跺腳。「別裝出一副發愁的樣子，我無法忍受別人對我的憐憫。」隨後她迅速地離開房間。

「有害，這裡的空氣對您有害啊，年輕人。」盧申再次對我說。

11

同一天傍晚，常客們又聚集在札謝金娜家裡，我也是其中一個。談論到邁當諾夫的長詩時，季娜依達誠摯地表達讚美。

「不過，您知道嗎？」她對他說。「如果我是詩人，我會有不同的取材。或許這只是胡思亂想，不過，有時我腦袋瓜裡會浮現各種奇怪的想法，尤其在即將破曉，天空開始呈現粉灰色，而我還沒入睡的時候，例如我會……你們不會取笑我吧？」

「不會！不會！」我們異口同聲向她保證。

「我會想像，」她繼續說，雙手交叉胸前，眼睛望向一旁。「一大群年輕的女孩，晚上搭乘一艘大船沿著寧靜的溪水划行。月色皎潔，她們所有人都身穿白衣，頭戴白色花朵編織的花冠，哼著讚歌一類的曲調。您瞭解嗎？」

「我瞭解，我瞭解，繼續說。」邁當諾夫正經又充滿幻想地應著。

「突然間，岸邊一陣喧鬧和嘻笑，出現火炬和鈴鼓聲……一群酒神的女祭司一面歌唱一面叫喊地奔跑著。到這裡，描寫場面的部分就交給您了，詩人先生……不過，我希望火炬發出鮮紅的火光，散發許多煙霧，讓女祭司們的眼神在花冠下閃閃發光，花冠應該是要深色的才對。還有，別忘了虎皮、高腳杯，還有金飾，許多金飾。」

「金飾應該戴在哪裡？」邁當諾夫問，朝後甩一甩平順的頭髮，張大鼻孔。

「哪裡？在肩上、手上、腳上，到處都有。聽說古代的女人將金環戴在腳踝上。女祭司們呼喚船裡的女孩，女孩們停止吟唱讚歌，因為無法繼續唱下去，不過卻一動也不動。河流將她們推向岸邊，突然間，其中一位女孩悄悄起身……這裡要下功夫好好形容：她如何在月光下悄悄起身，她的好友們如何感到驚惶……她跨過船身邊緣，女祭司們圍攏上來，簇擁著她朝夜晚與黑暗快速離去……想像當場煙霧瀰漫，一片迷濛，只剩下她們傳來的尖叫聲，以及女孩留在岸邊的花冠。」

季娜依達靜默下來。（「噢，她戀愛了！」我再次想道。）

「就這樣？」邁當諾夫問。

「就這樣。」她回答。

「這無法成為整首敘事長詩的情節。」他嚴肅地指出。「不過我會用您的想法來寫一首抒情詩。」

「浪漫抒情詩嗎？」馬列夫斯基伯爵發問。

「當然是浪漫抒情詩，拜倫式的。」

「在我看來，雨果寫得比拜倫好，」年輕的伯爵不大客氣地說。「也有趣得多。」

「雨果是一流的作家，」邁當諾夫向他表示不同意見。「然而我的朋友童卡雪耶夫在自己的西班牙小說《埃爾．特羅瓦多爾》中……」

「啊，是指那本書名上問號顛倒的小說嗎？」季娜依達打岔。

「是的，西班牙人的問號是這樣書寫的。我想說的是，童卡雪耶夫……」

「欸，你們又要開始爭辯古典主義與浪漫主義了。」季娜依達再次打岔。「這樣吧，我們來玩……」

「方特遊戲？」盧申接口道。

「不，方特已經玩膩了。來玩比喻吧。」（這是季娜依達發明的遊戲：先說出一樣物品，每個人都要拿它來和某個東西比喻，比喻最出色的人可以獲得獎賞。）

她走到窗邊。太陽剛剛西沉，鮮紅色的帶狀雲朵還高掛在天空。

「這些雲像什麼？」季娜依達問。沒有等我們回答，她立刻接著說：「我覺得，它們很像克麗奧佩特拉前去迎接安東尼時所搭乘的金色船隻上的紫紅色風帆。您還記得嗎，邁當諾夫，您不久前才跟我說過這個故事？」

我們所有人都像《哈姆雷特》裡的波洛尼厄斯一樣，一致認為浮雲讓人聯想到的正是那些風帆，我們之中再沒人能找到更恰當的比喻。

「當時安東尼幾歲呢？」季娜依達問。

「可能還是個年輕小伙子吧。」馬列夫斯基指出。

「是的，還很年輕。」邁當諾夫附和。

「很抱歉，」盧申大聲說道。「當時他已經年過四十了。」

「年過四十了。」季娜依達重複，快速地朝他投了一瞥。

我很快回家去了。「她戀愛了。」我的雙唇忍不住喃喃自語。「不過對象到底是誰？」

12

日子一天天過去，季娜依達變得愈來愈不尋常，也更加難以捉摸。有一回我走進她房間，見到她坐在藤椅上，頭趴在桌子銳利的邊緣。她直起身子……滿臉淚水。

「啊！是您！」她帶著殘酷的冷笑說道。「到這裡來。」

我走向她，她將一隻手放在我頭上，冷不防抓住我的頭髮揪了起來。

「好痛……」我終於開口喊痛。

「啊！好痛！難道我不痛嗎？我不痛嗎？」她不斷說著。

「唉呀！」她看見自己扯下我一小撮頭髮，突然驚叫。「我做了什麼事？可憐的瓦里德馬爾先生！」

她小心翼翼地舒開扯下的頭髮，纏繞在指頭上，繞成一小圈。

「我會把您的頭髮放在我鍊墜的小盒裡，隨身佩戴。」她如此說道，眼裡依然噙著淚水。「這麼做或許可以讓您獲得些許寬慰……先這樣吧，再見。」

我回到家，卻撞見了不愉快的場面。母親正在跟父親爭執：她為了某件事責備他，他則一如往常冷淡又禮貌地保持靜默，而且很快騎馬離開了。我沒能聽見母親說了什麼，也沒心思注意，我只記得爭執過後，她令人喚我到書房去，對我經常造訪公爵夫人家大表不滿，根據她的說法，公爵夫人是個「不擇手段的女人」[1]。我親吻她的手（每當我想中止談話時，總是這麼做），回到自己的房間。季娜依達的淚水讓我困惑不已，我完全不知道該如何解釋，自己也幾乎要掉下淚來，雖然我已經十六歲，卻還是個小孩子。我已經不再將馬列夫斯基掛在心上，雖然別拉伏佐洛夫望著狡猾伯爵的眼神一天比一天凶惡，宛如盯著羔羊的野狼，但是我沒有將任何事或任何人放在心上。我迷失在自己的思緒裡，不斷尋找僻靜的地方。我尤其鍾愛溫室廢墟，經常爬上高聳的牆面，坐在上頭，看來十足是個悲慘、孤獨又傷心的少年，連我都禁不住同情起自己。那種憂愁的感覺讓我多麼欣慰，多麼陶醉！

[1] 原文用法文「une femme capable de tout」。

有一回我坐在牆上眺望遠方，聆聽鐘響……突然間，有種感覺掠過我全身，既不像風，也不是哆嗦，彷彿是空氣微微的顫動，似乎有人就在近旁……我低下頭看。季娜依達身穿輕盈的灰色連衣裙，肩膀上撐著一把粉紅色小傘，正沿著下方的道路匆匆走著。她看見我，停下腳步，掀起草帽簷，朝我抬起天鵝絨般的雙眸。

「您在那麼高的地方做什麼？」她問我，臉上掛著不尋常的笑容。「瞧，」她繼續說，「您老是信誓旦旦地說愛我，如果真是如此，就朝我這邊跳下來。」

季娜依達話還沒說完，我已經朝下跳落，好像有人從背後推了我一把。牆面高度將近二丈高[2]，我雙腳先著地，不過撞擊力道太強大，我沒能站穩，因此跌落地上，短暫失去意識。當我清醒過來，還未張開眼睛時，感覺到季娜依達就在我身旁。

「我親愛的男孩，」她俯在我上方說，語音中透露出焦急的溫柔。「你怎麼可以這麼做，你怎麼可以這麼聽話……我是愛你的啊……快起來。」

她的胸膛在我身邊起伏，雙手觸摸我的頭部，突然間——當時我心裡是什麼樣的感覺啊！——她柔軟、鮮嫩的雙唇開始在我臉上落下親吻……碰觸我的嘴唇……不過，

---

[2] 這裡指俄丈，全書亦同，一俄丈相當於二．一三四公尺。

雖然我沒有睜開雙眼，季娜依達顯然已經從我臉上的表情猜到我已經甦醒，她倏地挺起身子，說道：

「起來，淘氣鬼，瘋子，幹嘛躺在塵土裡？」

我站了起來。

「把傘遞給我。」季娜依達說。「瞧，我把它扔到哪去了。別這樣看我……這是做什麼傻事？您沒有摔傷吧？多半被蕁麻刺傷了吧？跟您說了，別看我……他根本聽不懂，也不知道要回答。」她補充道，彷彿自言自語。「回家吧，瓦里德馬爾先生，去清洗清洗。別想跟著我，否則我會生氣，以後再也不……」她沒有把話說完，隨即快步離去。我坐到路上……因為雙腿癱軟。蕁麻刺傷我的雙手，我背部疼痛，頭部暈眩，不過當時體驗到的無邊幸福，之後不曾在我生命中再出現，它讓我每一寸身軀都感受到一股甜美的疼痛，最後透過歡欣的跳躍與歡呼發洩而出。我當時確實還是個孩子哩。

13

那一整天我是如此歡欣又驕傲，如此生動地保留著季娜依達落在我臉上的親吻，懷著興奮的顫抖咀嚼她說過的每一句話，異常珍惜這突如其來的幸福，我甚至因此心生懼怕，以至於不想見到她，見到這位帶給我諸多全新感受的人。我覺得不應該再對命運有所希求，覺得現在正是「深吸最後一口氣，便可以揮別人世」的時候。然而，第二天前往廂房時，我卻異常窘困，徒然地試圖用含蓄的親暱偽裝自己，自認為這是向他人表示自己會保守祕密的一種恰當表現。季娜依達迎接我的態度相當自然，沒有絲毫激動的神情，只是舉起一根手指告誡我，並問我身上是否有瘀青？我佯裝的親暱和神祕瞬間瓦解，困窘也隨之消失。我雖然沒有懷抱特別的期望，不過季娜依達平心靜氣的模樣彷彿潑了我一盆冷水。我頓悟到，在她眼中我只是個孩子，內心因此相當難過！季娜依達在房裡不停踱步，眼光落到我身上時，便趕緊露出微笑，不過我看得很清楚，她的心思落在遙遠的地方……「或許我應該率先提起昨天的事，」我如此想道。「問她這麼匆忙趕去哪裡，好徹底弄清楚……」不過我卻只是揮了揮手，坐到角落。

別拉伏佐洛夫走了進來，我很高興見到他。

「我沒能替您找到溫馴的坐騎。」他嚴肅地說。「弗列塔格擔保了一匹馬，不過我不確定是否沒問題。我很擔心。」

「敢問您擔心什麼？」季娜依達問。

「擔心什麼？畢竟您不會騎馬呀。老天保佑，可別出什麼事才好！您怎麼會突然異想天開？」

「唔，這就是我的事了，我的野獸先生。既然如此，我會請彼得．瓦西里維奇幫忙……（我父親叫彼得．瓦西里維奇。我很驚訝她如此輕易又自然地提起他的名字，彷彿確信他隨時願意為她效勞似地。）」

「原來如此，」別拉伏佐洛夫表示不滿。「您是打算和他一起去騎馬？」

「和他或是和別人對您來說都沒有差別，反正不是和您。」

「不是和我。」別拉伏佐洛夫重複道。「隨您的意。好吧，我會幫您把馬送到。」

「請記得，可別送來一匹乳牛，我跟您提過，我想要騎馬奔跑。」

「您大可盡情奔跑……那麼，您是要跟誰，是跟馬列夫斯基一起去嗎？」

「跟他也沒什麼不好，不是嗎？我的戰士，欸，別擔心，」她接著說。「也別再瞪眼了，我會帶您一起去的。您要知道，馬列夫斯基現在對我而言，可說是——呸！」她甩了甩頭。

「您這麼說，只是為了讓我放心罷了。」別拉伏佐洛夫嘟囔著。

季娜依達瞇縫起雙眼。

「這樣會讓您放心嗎？……噢……噢……噢……戰士啊！」她似乎找不到其他話語，最後終於說。「您呢，瓦里德馬爾先生，您會跟我們一同去騎馬嗎？」

「我不喜歡……跟一群人……」我喃喃說道，沒有抬起頭。

「您比較喜歡『單獨面對面』[1]？……唔，人各有所好。」她嘆了口氣說。「去吧，別拉伏佐洛夫，把事情辦好，我明天需要馬匹。」

「是啊，但錢打哪兒來？」公爵夫人打岔問。

季娜依達蹙起眉頭。

---

[1] 原文用法文「tête-à-tête」。

「我不會向您索討，別拉伏佐洛夫相信我不會欠款的。」

「當然，當然……」公爵夫人咕噥，接著冷不防拉開嗓子喊：「杜妮亞！」

「『媽媽』[1]，我有送您喚人的搖鈴。」公爵小姐提醒。

「杜妮亞！」老夫人再次喊道。

別拉伏佐洛夫行禮告辭，我跟他一道離開，季娜依達沒有挽留我。

---

[1] 原文用法文「Maman」。

14

第二天我一大清早起床，替自己削了根手杖，便朝城門出發，心想著去排遣心裡的憂愁。天氣晴朗明亮，不是太燠熱。快活又清新的風兒在陸地上漫步，謹守分寸地發出聲響、相互取鬧，觸動萬物，卻不驚擾。我在山裡和森林中遊蕩很長一段時間，並不覺得舒坦，因為從家裡出門時，我已經下定決心要沉湎於哀愁當中，不過，青春明媚的天氣、新鮮的空氣、快步走的歡娛，以及獨自躺在濃密草地上的滿足感，在在發揮了影響力，那些令人醉心的話語和親吻的回憶再度闖入我心中。我愉快地想著，季娜依達一定會公平看待我的毅力和英勇的表現……「在她眼裡，其他人比我優秀。」我如此想。「無所謂！不過，其他人只會口頭表示願意犧牲，我卻是身體力行！我能為她做的事情可不只這些呢！……」我開始浮想翩翩，想像自己將她從敵人的魔掌中解救出來，如何滿身是血地帶她逃出監牢，如何在她腳邊嚥下最後一口氣。我剛想起家裡客廳掛的一幅描寫馬列克—阿德里救出瑪蒂爾達[1]的畫，又立刻將注意力轉移到一隻色彩斑斕的巨大啄木鳥身上，牠忙碌地沿著白樺木的細枝幹往上爬，焦慮地在樹幹後頭一會兒從右邊一會兒從左邊張望，宛如自琴頸後方探頭的低音提琴演奏家。

之後我唱起〈雪不是白的〉，跳到當時流行的浪漫情歌〈我等候你，當輕輕的西風吹起〉，緊接著高聲朗誦霍米亞科夫悲劇作品中葉爾馬克對星星述說的話語，還嘗試用多愁善感的風格寫詩，甚至想好了整首詩的結尾：「噢，季娜依達！季娜依達！」——不過卻無疾而終。此時到了午餐時間。我往下走到河谷，一條狹窄的沙石小路蜿蜒其中，直通城裡。我沿著小路走……身後傳來低沉的馬蹄聲。我回頭望，忍不住停下腳步，摘下鴨舌帽，我看見我的父親和季娜依達。他們騎馬並行著。父親整個人朝她前傾，手撐在馬兒的脖頸上，臉上帶著笑容，正在跟她說些什麼。季娜依達一語不發聆聽著，端正地垂著雙眼，緊抿嘴唇。起初我只看見他們兩人，然而半晌之後，別拉伏佐洛夫出現在河谷的轉彎處，他身穿披著短披肩的輕騎兵制服，跨騎一匹汗涔涔

[1] 馬列克—阿德里與瑪蒂爾達是法國女作家蘇菲．科廷（Sohpie Cottin）的小說《瑪蒂爾達》（Mathilde, ou Mémoires tirés de l' histoire des croisades）中的男女主角。

的黑馬。駿馬搖著頭，打著響鼻，不停踱步，騎士一面制止馬兒，一面用馬刺刺牠。我讓到一邊。父親拾起韁繩，自季娜依達身邊移開，她緩緩抬眼看他，接著兩人疾馳離去……別拉伏佐洛夫跟隨後頭急奔而去，馬刀發出響亮的撞擊聲……「他的臉跟蝦子一樣紅。」我心想。「她呢……為什麼面色如此蒼白？騎了一個早上的馬，臉色反而如此蒼白？」

我加快腳步回家，剛好趕上用午餐。父親已經換好服裝，梳洗完畢，神清氣爽地坐在母親座位旁邊，正用平穩的音調為她朗讀《辯論日報》[2]上的小品文，不過母親漫不經心地聽著，一見到我，便問我整天跑哪兒去了，接著說她不喜歡不知道人跑哪去，不知道跟誰去鬼混。「我可是獨自一人去散步啊。」我原本打算如此回答，不過先是瞧了父親一眼，不知為何卻沒有作聲。

[2] 原文用法文「Journal des Débats」。

15

接下來五、六天，我幾乎沒有見到季娜依達。她聲稱身體不適，不過屋子的常客們，如他們自己說的，仍照常值班，邁當諾夫除外，這位詩人一得知沒有表現熱忱的機會，立刻沮喪起來，失去了興致。別拉伏佐洛夫臉色陰鬱地坐在角落，上衣扣得嚴實，滿臉通紅；馬列夫斯基伯爵細緻的臉上偶爾露出不懷好意的微笑，他確實已失寵於季娜依達，因此格外費心討好老公爵夫人，陪同她搭乘驛站馬車去拜訪省長將軍。不過，那回拜訪並不順遂，還發生了對馬列夫斯基而言不愉快的插曲：有人提起他跟某位工兵軍官的過節，他為自己辯解時，不得不聲稱自己當時少不更事。盧中每日來訪兩次，不過待的時間不長。經過我們之間上回的談話後，我有點害怕他，卻也真誠地忍不住想親近他。有一回他和我一同到毋憂園散步，表現得相當大方親切，向我解說各種植物和花朵的名稱與特性，突然間，他拍打自己的額頭，像人們常說的「沒頭沒腦」地嚷嚷：「啊，我是個傻瓜，以為她愛調情！看起來，對某些人來說，犧牲自己更是甜蜜。」

「您真正想說的是什麼？」我問。

「對您我不想說什麼。」盧中激動地說。

季娜依達總是迴避我，我無法不注意到——我的出現讓她不愉快，她會不由自主地撇過身去……不由自主地——這是讓我最難過的一點，使我傷心欲絕！不過我無法可施，只好儘量不要在她眼前出現，僅從遠處窺伺她，不過並不總是能夠如願。她身上依舊瀰漫著難以解釋的改變：她的臉蛋，甚至整個人都變得與以往不一樣了。在一個暖和寧靜的傍晚，我親眼目睹她身上的變化更是讓我驚訝萬分。當時我坐在大株接骨木下的矮凳上，我很鍾愛這個地點，從那裡可以望見季娜依達的窗戶。我坐在凳子上，一隻小鳥兒在我頭頂黯淡下來的林葉間忙碌地跳躍著；灰貓伸長背脊，小心翼翼地溜進花園；提早出現的金龜子在逐漸昏暗但仍透明的空中發出沉悶的嗡嗡聲。我坐著朝窗戶張望，等待那扇窗或許會開啟，它果然開了，季娜依達出現在窗邊，一身白色連衣裙，她整個人，包括臉蛋、肩頭和雙手，也蒼白到透著晶瑩的地步。她動也不動，高聳著眉毛，久久眺望前方，我不曾見過她這種眼神。接著她使力握緊雙手，舉向唇邊和額頭，然後突然鬆開，將頭髮塞到耳後，甩一甩頭，堅定地點了點頭，便將窗戶砰地關上。

三天過後，她在花園裡遇見我。我打算避開，但是她主動叫住我。

「請給我您的雙手。」她恢復以往的溫柔對我說。「我們很久沒有談天了。」

我看著她，她的雙眸靜謐地炯炯發光，臉上掛著一抹彷彿穿透雲霧的朦朧微笑。

「您的身體仍然不舒服嗎？」我問她。

「不，已經好了。」她回答，同時摘下一小朵紅色玫瑰。「我感覺有些疲倦，不過會沒事的。」

「那麼，您會恢復跟以往一樣嗎？」我再問。

季娜依達將玫瑰舉到臉旁，我似乎看到鮮艷花瓣的反光映照在她臉頰上。

「難道我跟以往不一樣嗎？」她反問。

「是的，不一樣了。」我悄聲回答。

「我知道我對您很冷淡。」季娜依達說。「不過您不應當在意……我別無選擇……欸，幹嘛說這些呢！」

「您不希望我愛您，這就是原因！」我懷著難以克制的激動鬱悶地嚷嚷。

「不，請愛我，不過不是像以往一樣。」

「什麼意思？」

「我們要成為好朋友，就是這樣！」季娜依達讓我聞聞玫瑰。「聽著，我終究比您年長。說真的，我足以當您的阿姨，唔，不是阿姨，而是大姐。而您……」

「對您而言，我只是個小孩子。」我打斷她的話。

「沒錯，是小孩子，不過是我心愛的親切善良又聰明的小孩。您猜怎麼著？從今天起，我封您為我的貼身侍從，您可別忘記，貼身侍從必須寸步不離自己的女主人。這是您新任職位的標誌。」她將玫瑰插入我短上衣的扣眼，補了一句。「代表我給您的賞賜。」

「我以前從您那兒得到的是其他獎賞。」我喃喃說道。

「啊！」季娜依達說，從側邊瞧著我。「他的記憶力多麼好呀！好吧！現在我也樂意……」

她傾身向我，在我額頭印上純潔又安詳的親吻。

我才抬眼望她，她已經轉過身，邁步走向屋子，說道：「跟我來，我的貼身侍從。」我跟隨在後，心中萬分納悶。「難道，」我心裡嘀咕，「這個溫馴又明理的女孩，就是我以前認識的那位季娜依達？」在我看來，她的腳步變得更輕巧，體態顯得更高貴優雅。

老天！我內心對她燃起更強烈的愛慕之情！

16

午餐過後，客人再度聚集到廂房，公爵小姐也走出房間接待他們。每個人都出現了，全員到齊，與那個我永誌難忘的第一個夜晚一樣，連尼爾馬茨基也勉為其難地來了。邁當諾夫這回比所有人早到，並帶來新的詩作。大夥兒又開始玩方特遊戲，但已經不再像以往那樣做出奇怪愚蠢的舉動，或是胡鬧喧嘩，吉普賽式的熱鬧消失了。季娜依達為我們的聚會帶來新的氣氛。我以貼身侍從的身分坐在她身邊。她建議抽到特別籤的人要講述自己的夢境，不過並不順利，夢境要不是很無趣（別拉伏佐洛夫夢見自己用鯉魚餵食他的馬匹，而且馬的頭是木製的），便是杜撰的不真實內容。邁當諾夫對我們講一長篇的故事，裡頭有墳中的骸骨、彈豎琴的天使、會說話的花朵，以及遠處傳來的聲響，季娜依達沒讓他說完。

「如果真要杜撰，」她說。「那就讓每個人講講自己編的故事吧。」

依然輪到別拉伏佐洛夫首先開講。

年輕的輕騎兵困窘起來。

「我沒辦法編故事！」他大聲宣稱。

「這是什麼話！」季娜依達說。「唔，您可以想像例如您已經結婚了，可以對我們說說您會如何跟妻子過生活。您會把她關在家裡嗎？」

「我會把她關在家裡。」

「那麼，您會待在家裡陪她嗎？」

「我一定親自待在家裡陪她。」

「很好。唔，如果她厭倦了，背叛您呢？」

「我會殺了她。」

「如果她逃跑了呢？」

「我會找到她，照樣殺了她。」

「好吧。唔，假如我是您的妻子，您會怎麼做呢？」

別拉伏佐洛夫沉吟半晌。

「我會殺了我自己……」

季娜依達笑了起來。

「我可以想見您的故事很簡短。」

第二張籤由季娜依達抽中。她抬眼望著天花板，陷入沉思。

「好吧。」她終於開口。「聽聽看我編的故事……請各位想像一座富麗堂皇的宮殿，仲夏之夜，還有很棒的舞會。年輕的女王是舞會的主人。隨處可見金飾、大理石、水晶、絲綢、火光、寶石、鮮花、香菸，盡是極盡奢華的物品。」

「您喜歡奢侈品？」盧中打斷她。

「奢侈品很精緻。」她表示。「我喜歡所有精緻的東西。」

「更甚於美麗本身？」他問道。

「這個問題太刁鑽了，我不懂您的意思。別插嘴。所以說，舞會很華麗，賓客眾多，每個人都很年輕、俊美、英勇，眾人都瘋狂地愛上女王。」

「賓客中沒有女人嗎？」馬列夫斯基也提問。

「沒有，等等，有的。」

「都不漂亮？」

「都很迷人，不過每個男人愛慕的是女王。她個子高，身材窈窕，烏黑的頭髮上戴著一頂小小的金色皇冠。」

我看著季娜依達，感覺那一刻她比我們任何人都高高在上，白皙的額頭和一動不動的眉毛散發出清澈的智慧與威嚴，使我腦海裡不由地浮現如此的念頭：「妳自己就是那位女王呀！」

「眾人都圍繞在她身旁。」季娜依達繼續說。「每個人在她面前都極盡阿諛奉承之能事。」

「她喜歡別人奉承她嗎？」盧申再問。

「真是討人厭！老是打岔……誰不喜歡奉承？」

「還有一個，最後一個問題。」馬列夫斯基說。「女王有配偶嗎？」

「我沒有想過這一點。不，要配偶做什麼呢？」

「當然。」馬列夫斯基附和。「要配偶做什麼呢。」

「安靜 [1]！」邁當諾夫用彆腳的法語大喊。

---

[1] 原文用法文「Silence」。

「謝謝[2]。」季娜依達也用法語對他說。「好吧，女王聽著這些諂媚的言語和音樂，但是眼光沒有落在任何一位賓客身上。從天花板延伸到地板的六扇窗戶大大敞開著，窗外是滿天星斗的漆黑天空與巨木群聚的昏暗花園。女王望著花園，園裡靠近樹木的地方有座噴泉在黑暗中隱隱發白，拉得老長，有如鬼魅幻影。即使被談話聲與音樂圍繞，女王仍然可以聽見低沉的潺潺流水。她眼睛望著，腦裡想著：諸位先生，你們個個高尚、聰穎、富有，你們圍繞在我身邊，將我的話奉為至寶，樂意為我犧牲，任我主宰……但是那裡，在噴泉旁邊，在那涓涓的流水旁，我心愛的人，主宰我的人正在那裡等待我。他身上沒有昂貴的禮服，也沒有珍貴的寶石，沒有人知道他的存在，不過他在等我，確信我一定會到來。我也會依他所願，沒有任何力量可以阻擋我，一旦我想要到他身邊，與他相伴，在林木簌簌和噴泉潺潺的伴和下，與他一同消失在那漆黑的花園中……」

季娜依達安靜下來。

「這是憑空杜撰的故事嗎？」馬列夫斯基狡詐地問。季娜依達根本沒有瞧他。

---

[2] 原文用法文「Merci」。

「各位先生，」盧申突然開口說。「如果我們也是舞會的賓客，並且得知噴泉旁有位幸運兒，我們會怎麼做呢？」

「等等，等等。」季娜依達打岔。「我自己來告訴各位，你們每個人會作何反應。您，別拉伏佐洛夫，會找他決鬥；您，邁當諾夫，會以他為題材寫一首諷刺短詩……話說回來，不，您不擅長寫諷刺短詩，您會拿他來寫一首抑揚格長詩，像巴爾比耶[1]作的那種詩，並且還會把作品刊在《莫斯科電報》上；您，尼爾馬茨基，會像他借……不，您會借款給他並收取利息；您呢，醫生……」她停了下來。「至於您，我就不知道您會作何反應了。」

「身為御用醫師，」盧申回答。「我會建議女王倘若沒有心思接待賓客，就不要舉辦舞會……」

「或許您的建議是明智的。您呢，伯爵先生？」

「我嗎？」馬列夫斯基再問一次，臉上掛著不懷好意的笑容。

---

[1] 巴爾比耶（Henri Auguste Barbier, 1805-1882），法國詩人、劇作家，首部作品是以法國一八三〇年七月革命為主題的詩集《抑揚格》。

「您會請他吃下了毒的糖果。」

馬列夫斯基的臉部微微抽搐了一下，有那麼一瞬間顯現出詭詐的表情，卻馬上哈哈大笑開來。

「至於您呢，瓦里德馬爾……」季娜依達繼續說。「不過，已經說夠了，我們來玩別的遊戲吧。」

「瓦里德馬爾先生身為女王的貼身侍從，會在她奔向花園時，替她捧著裙後襬。」馬列夫斯基刻薄地指出。

我勃然大怒，不過季娜依達一隻手迅速搭上我的肩膀，微微欠身，用些許顫抖的聲音說：

「我不曾允許大人您如此無禮，因此必須請您離開。」她朝他指著門口。

「不是的，公爵小姐。」馬列夫斯基嘟囔道，面色發白。

「公爵小姐說得沒錯。」別拉伏佐洛夫大喊，也站了起來。

「真的，我沒有預料到會這樣。」馬列夫斯基繼續辯駁。「我的話裡似乎沒有……我壓根沒有冒犯您的意思……請原諒我。」

季娜依達用冷峻的眼神打量他，冷漠地微微一笑。

「如果想要，就留下來吧。」她漫不經心地揮一揮手說。「瓦里德馬爾先生和我不應該動氣，如果您高興挖苦別人……就隨您的意吧。」

「請原諒我。」馬列夫斯基又說了一遍。我想起季娜依達的手勢，再度想到，真正的女王向放肆者下逐客令時，也不可能比她顯得更威嚴。

這個風波過後，方特遊戲沒有玩很久；每個人都不自在，不能說是受到剛才發生事件的影響，而是因為另外一種難以言喻卻又沉重的感覺。沒有人提起這一點，不過每個人都在自己和在場其他人身上意識到了。邁當諾夫對我們朗誦自己的詩作，馬列夫斯基則過於熱烈地讚美。「他現在急著表現自己善良的一面。」盧申在我耳邊悄聲說。我們很快離開了，因為季娜依達突然陷入沉思，公爵夫人請人傳話，說她頭痛，加上尼爾馬茨基開始抱怨起自己的風溼病……

我久久無法入睡，季娜依達的故事讓我輾轉難眠。

「難道其中隱含著暗示？」我問自己。「她暗示的是誰，又是什麼？如果確實有暗示……又該如何是好？不，不，不可能。」我低語著，不停反側，翻轉發燙的臉頰……腦海中浮現季娜依達講述故事時的神情……我想起盧申在毋憂園脫口而出的驚嘆，還有她對待我的態度突如其來的轉變，不禁感到迷惘。「他是誰？」這個問題在我眼前揮之不去，銘刻在黑暗中，宛如一片不祥的烏雲低垂在我上方，我能感受到它帶來的壓力，等著它隨時爆開來。近來我對許多事物已經習以為常，也在札謝金娜家增長了諸多見識：他們屋子的凌亂、動物油脂製的蠟燭頭、破損的刀叉、臉色陰沉的沃尼法契、髒兮兮的女僕們，還有公爵夫人的舉止，所有這些詭異的生活已經不再讓我驚訝……然而，對於眼前在季娜依達身上依稀捕捉到的東西，我卻無法適應……「不檢點的女人」──我母親有一回如此批評她。不檢點的女人──她可是我的偶像，我崇拜的對象呀！這個稱呼刺痛著我，我想埋進枕頭中，逃避這個稱呼，內心氣憤不已；於此同時，我願意赴湯蹈火，犧牲一切，只求成為噴泉旁的幸運兒！……

血液在我體內沸騰澎湃。「花園……噴泉……」我琢磨著。「我就到花園一趟吧。」我迅速穿上衣服，偷偷溜出家裡。夜晚一片漆黑，樹木輕聲低語；天際落下闃寂的寒意，菜園瀰漫茴香的氣味。我踏遍每一條林蔭道路，窸窣的腳步聲讓我不自在，卻也帶給我勇氣；我不時停下腳步，等待並傾聽自己強烈快速的心跳。最後我終於走近柵欄，將雙手靠在細竿上。突然間──或許只是我的錯覺？──離我幾步遠的地方掠過一個女人的身影……我屏住呼吸，竭力想看清楚黑暗中的事物。那是什麼？我聽見的是腳步聲，還是我的心再度狂跳？「誰在這裡？」我咕噥。那又是什麼？壓抑的笑聲？……還是樹葉的沙沙聲……或是耳旁的嘆息？我害怕起來……「誰在這裡？」我更加小聲地說道。

有那麼一瞬間，空氣流淌，天空劃過一道紅光：是流星隕落了。「季娜依達？」我想發問，聲音卻在我嘴邊打住。忽然間，一如深夜中經常有的情形，萬籟俱寂……連樹林裡的螽斯都停止鳴叫，只有某處傳來窗戶關上的聲音。我佇立半晌後，便回到自己的房間，躺到已經涼了的床上。我感到一股奇特的悸動，彷彿我去赴了一場約會，到頭來卻落得形單影隻，與他人的幸福擦肩而過。

17

第二天我只匆匆見到季娜依達一眼，她和公爵夫人正搭出租馬車不知上哪兒去。不過我看見盧申和馬列夫斯基。醫生幾乎沒有跟我打招呼，年輕的伯爵則咧開嘴笑，友善地同我交談。在廂房的所有訪客中，只有他有辦法混進我們家裡，並博得母親的好感。父親並不喜歡他，待他彬彬有禮到讓他難堪的程度。

「貼身侍從先生！[1]」馬列夫斯基開口道。「很高興見到您。您美麗的女王在做什麼？」

這一刻，他容光煥發又瀟灑的臉龐讓我極為反感，加上他看我時那種輕視、調侃的眼神，使得我根本沒有理會他。

[1] 原文用法文「Ah, mosieru le page !」。

「您還沒消氣嗎？」他繼續說。「別跟自己過不去，畢竟稱呼您貼身侍從的不是我，而且，貼身侍從通常都是跟在女王身邊的。不過請容我向您指出，您沒有好好盡到自己的職責。」

「這話怎麼說？」

「貼身侍從應該寸步不離自己的主人，對他們的一舉一動瞭如指掌，甚至要監視他們。」他壓低聲音補充說道：「無論白天或夜晚。」

「您到底想說什麼？」

「我想說什麼？我似乎已經講得很明白了：白天，和夜晚。白天還沒什麼，天色明亮，人又多，不過晚上嘛，正是多災多難的時刻。我建議您夜晚別入睡，要觀察，睜大眼睛觀察。請記住，在花園裡，晚上，噴泉邊，那就是應該守候的地點。您事後還會感激我呢。」

馬列夫斯基笑了起來，轉身背對我。他顯然不認為對我說的話有任何特別含意，他是個人盡皆知的高明騙子，以擅長在化妝舞會上捉弄人出名，他整個人下意識散發的那股虛假氣息讓他的捉弄更容易得逞……他不過想戲弄我，但是他每一句話都像毒藥似地在我血管中竄流。血液衝進我的腦門。「啊，原來如此！」我對自己說。「好呀！所以說，我並非毫無來由地被吸引到花園去！我不容許這種事情發生！」我高聲喊，用拳頭搥打胸口，雖然自己也不清楚到底所指何事。「不管是馬列夫斯基本人，」我自忖（他可能是說溜了嘴，他有膽子如此囂張）。「或是其他什麼人在花園出現（我們花園的籬笆很低矮，任誰都可以輕易越過去），只要落到我手裡，肯定要遭殃！最好不要有人被我撞見！我會向全世界和她這個叛徒（我便是如此直呼她叛徒）證明我有本事報仇雪恨！」

我回到自己房間，從書桌抽屜取出不久前買的小獵刀，試了試刀鋒，接著皺起眉頭，冷酷又堅決地將刀子塞進口袋，彷彿這種事情對我而言早已司空見慣，沒什麼好大驚小怪。我滿腔怒氣，心腸硬了起來；直到入夜我依舊攏著眉心，緊閉雙唇，不時來回踱步，用手緊握口袋中溫熱的刀子，預先為未知的可怕事件做好心裡準備。這些新奇且前所未有的感受占據我的心思，甚至令我快活起來，我因此甚少想起季娜依達。我腦海中不停浮現阿列科和年輕的吉普賽人[1]——「往哪去，年輕的漂亮小伙子？投

[1] 阿列科為普希金長詩〈吉普賽人〉（1824）中的男主角，他因嫉妒女主角移情別戀「年輕的漂亮小伙子」而衝動殺人。——譯注及編注

降吧……」，接著「你滿身是血！……噢，你幹了什麼好事？……」——「不值一提！」我帶著何等殘酷的笑容再次說道：不值一提！父親不在家裡，不過已經好一段時間幾乎都生著悶氣的母親注意到我一副豁出去的神情，在晚餐時對我說：「你幹嘛繃著一張臉。」我只是報以寬容的冷笑，心裡想：「如果他們知道內情，肯定會嚇壞了！」時鐘敲響十一點，我回到自己房間，但沒有脫下衣服。我等候午夜到來。終於等到夜半鐘響。「時候到了！」我咬牙切齒地低聲說道，把衣釦全數扣上，甚至捲起袖子，往花園去。

我已經預先挑選好埋伏的位置。分隔我們與札謝金娜土地的柵欄位於花園盡頭，柵欄與兩家公用圍牆交接的地方長了一棵孤獨的雲杉，站在它低垂濃密的枝椏底下，我可以在夜晚最大能見度下清楚看見四周發生的一切；有條我覺得神祕無比的小路也從此處延伸而出，蜿蜒過殘留攀爬者腳印的籬笆下方，通往密實洋槐木搭成的圓形小亭子。我來到雲杉下，靠著枝幹，開始守候。夜晚與前一晚一樣靜謐無聲，不過天上的雲少了些，因此樹叢，甚至高聳花朵的輪廓都較為清晰。等候的時刻起初很難熬，甚至令人害怕。我可以奮不顧身，只是煩惱該如何行動？是大喊：「上哪去？站住！從實招來——否則就納命來！」或是直接讓對方措手不及……每一個聲音、任何摩擦與窸窣聲響在我聽來都非同小可、極不尋常……我預備著……俯身向前……不過半個小時過去了，一個小時過去了，我澎湃的血液逐漸和緩冷卻，我慢慢認為自己只是白忙一場，甚至有點可笑，而馬列夫斯基只不過開了我一個玩笑。我離開埋伏的位置，走遍整座花園。到處都安靜無聲，宛如存心跟我作對似地，萬物皆已入眠，連我們的狗兒也在柵門邊蜷成一團睡著了。我爬到溫室廢墟上，看見眼前廣袤的原野，想起與季娜依達相識的情景，不禁陷入沉思……

我打了個哆嗦……彷彿聽見開門的咿啞聲，接著是枝椏斷裂的輕微聲響。我三步併兩步躍下廢墟，呆立原地。花園裡響起急促、輕盈但小心翼翼的腳步聲，朝著我的方向而來。「是他……是他，終於出現了！」我心中閃過這個念頭，慌亂地自口袋中取出刀子，慌忙打開它，紅色的火花在我眼前躍動，害怕與憤怒使我毛髮直豎……腳步聲逕直朝我逼近，我佝僂著身子，朝步伐傳來的方向傾著身子……有人出現了……我的天！是我的父親！

我立刻認出他來，儘管他整個人包裹在暗色披風裡，低低壓著帽簷。他踮腳走過我身邊，雖然我沒有受到任何遮蔽，他卻沒有發現我；我向後退，儘量壓低身子，幾乎貼到地面上。善嫉且預備動手行凶的奧賽羅[1]瞬間變成了中學生……父親的意外出現讓我著實嚇壞了，以至於好半晌我沒有注意到他從哪個方向出現，又消失在何處。當四周再度陷入寂靜時，我只是挺直身子，暗自納悶：「父親為何半夜在花園裡走動？」驚恐之餘，我把刀子掉在草地上，不過因為自覺慚愧，因此壓根沒有試圖去尋找。我的頭腦頓時清醒了。回屋子的路上，我走到接骨木下的矮凳處，望著季娜依達臥房的窗戶。窗戶微微凸起的小片玻璃在夜空落下的微弱光亮中發出黯淡的青光。突然間，玻璃的顏色開始變化……我清楚看見淡白色的窗簾在窗戶另一頭小心又安靜地垂了下來，直抵窗框，就此靜止不動。

「這是怎麼回事？」我再度回到房間時，不由自主地說。「是夢境，是巧合，或是……」我腦裡突然出現的假設過於新穎離奇，以至於我根本沒勇氣多想。

[1] 莎士比亞悲劇《奧賽羅》（Othello）的男主角。

18

我一早起床便感到頭痛。昨晚的激動已經消失，取而代之的是重重的疑惑與未曾體驗過的哀傷，宛如我內心有東西正在死去。

「您看起來怎麼像隻被摘除了半邊腦袋的兔子?」盧申見到我時說道。用早餐時，我輪番偷瞧父親與母親。他跟往常一樣平靜，她則跟先前一樣暗自生悶氣。我等待父親說不定會親切地開口與我說話，像他偶爾表現的那樣……但是他卻連平常冷淡的和藹也吝於表露。「要把一切告訴季娜依達嗎?……」我暗自思量。「反正都無所謂了，我們之間的一切都結束了。」我到她家去，卻沒能依計畫告訴她任何事情，連跟她說上話的機會都沒有。公爵夫人的親生兒子趁著假期自彼得堡來看她，他是個中等軍事學校學生，年約十二歲。季娜依達立刻將弟弟託付給我。

「來，」她說。「我親愛的瓦洛佳[1]（她頭一次如此用俄文名字暱稱我），給您介紹一個夥伴。他也叫瓦洛佳，請愛護他。他還很怕羞，不過心地很善良。請帶他看看毋憂園，陪他到處走走，好好關照他。您會答應的，是吧？您也是這麼善良的一個人！」

她溫柔地將雙手搭到我的肩膀上，令我茫然失措。這個男孩的出現，讓我自己也變成了小男孩。我不發一語地望著軍校生，他也沉默地盯著我瞧。季娜依達哈哈笑了起來，將我們兩個推近。

「擁抱一下吧，孩子們！」

我們相互擁抱。

「我帶您到花園去，好嗎？」我問軍校生。

「我很樂意。」他用軍校生道地的嘶啞聲音回答。

季娜依達再度開懷大笑……我注意到，她的臉色不曾顯得如此動人、紅潤。我和軍校生到花園去。園裡有座老舊的鞦韆，我讓他坐在薄板上，開始搖晃。他穿著緣帶

[1] 「瓦洛佳」為男主角俄文名字「弗拉基米爾」的暱稱、小名。

裝飾、厚呢子布料製成的新制服，一動不動地坐著，緊緊抓住繩子。

「您把領釦解開吧。」我告訴他。

「不要緊，我們已經習慣了。」他說完後，清了清喉嚨。

他的外表與姐姐很神似，尤其是眼睛。我很高興有機會替他效勞，然而，揮之不去的哀愁依舊啃噬著我的內心。「現在的我跟小孩沒兩樣。」我想。「但是昨天……」我想起昨晚掉落刀子的地方，把它找了出來。軍校生向我要了刀子，摘下一枝獨活草的粗莖稈，削成笛子吹了起來。我這個奧賽羅也吹了一陣。

不過，稍後的傍晚，當她在花園的角落找到他，問他為何如此哀傷時，這位奧賽羅卻在她懷裡痛哭——我淚如雨下，讓她感到驚慌。

「您怎麼了？您怎麼了，瓦洛佳？」她不停問道，看見我既不回答，也沒有停止流淚，便想親吻我淚溼的臉龐。

不過我別過身子，一面嚎啕，一面喃喃說道：

「我什麼都知道。您何必玩弄我？……您又需要我的愛情做什麼？」

「我對不起您，瓦洛佳……」季娜依達說。「欸，我很對不起您。」她繼續說，擰著雙手。「我內在有太多缺陷、黑暗面與罪過……不過我現在不是在玩弄您，我是愛您的……您絕對料想不到為什麼，以及我有多愛您……話說回來，您又知道些什麼？」

我能說什麼？她站在我面前盯著我看，一旦她望著我，我整個人便從頭到腳完全屬於她……十五分鐘後，我已經和軍校生以及季娜依達相互追逐玩耍。我不再哭泣，滿臉笑意，腫脹的眼皮淌著歡笑的淚水；我脖子上繫的不是領帶，而是季娜依達的絲巾。當我攬住她的腰際成功抓到她時，不禁開心地叫喊出來。她完全可以盡情地擺布我。

19

如果有人要我鉅細靡遺地交代探險失敗的夜晚之後那一星期我內心所經歷的一切，我會不知從何說起。那是段奇特、狂亂的日子，一團混亂，所有矛盾的情緒、想法、懷疑、希望、快樂與痛苦盤根錯節，我害怕審視自己的內心——如果一位十六歲男孩有能力審視自己內心的話，也害怕追根究底。我只是匆忙地混過一天，夜晚安然入眠……多虧自己年幼膚淺。我不想知道別人是不是愛我，也不想對自己承認別人根本不愛我。我避免見到父親，不過卻無法對季娜依達避而不見……在她身邊我彷彿遭到火燒灼燙般……我何必搞清楚讓我燃燒融化的是什麼樣的火焰，只要我陶醉在這燃燒融化中就好。我將一切訴諸感官，欺騙自己，拒絕回想，對預感即將發生的事視而不見……這份焦慮顯然無法持久……一聲霹靂頓時讓一切劃下句點，將我拋到嶄新的軌道上。

有一回在散步好一段時間後回家午餐時，我驚訝地得知自己必須獨自用餐。父親出門了，母親身體不適，不想進食，關在臥室裡。從傭人們的臉色我推測出了什麼不尋常的事情……我不敢向他們打聽詳情，但是我有一位好朋友，年輕的僕人菲力普，他熱愛詩歌，彈得一手好吉他，於是我向他打聽實際情形。從他口中，我得知父親與母親之間發生一場可怕的爭吵（在女僕居住的房間裡，字字句句都聽得清清楚楚；許多時候他們用法語交談，不過女僕瑪莎曾在來自巴黎的裁縫師家裡住了五年，聽得懂內容）。我母親指責父親不忠，責備他結識隔壁的小姐；父親一開始出言辯解，後來勃然大怒，也說了重話，「似乎是提到他們之間年齡的差異」，使得母親掉下眼淚。母親也提到好像是給了老公爵夫人的借據，嚴詞批評她以及小姐，父親立刻對她口出威脅。

「會發生這樣不幸的事件，」菲力普繼續說。「是因為一封匿名信。至於信是誰寫的，沒有人知道。要不是因為這封信，就不會發生這樣的事。」

「難道真有其事嗎？」我費力地說道，手腳發冷，胸膛深處一陣顫慄。

菲力普意味深長地眨眨眼。

「有的，這種事情沒法掩飾的。雖然老爺這次很小心，不過免不了要租馬車或什麼的……少不了找人幫忙。」

我打發了菲力普，倒臥床上。我沒有嚎啕大哭，也沒有陷入絕望，沒有問自己這一切是何時或如何發生的，更不訝異自己為何那麼久都不曾料到實情，我甚至對父親沒有絲毫埋怨……我所得知的事實遠超過我能承受的範圍，突如其來的真相將我徹底擊垮……一切都結束了。我的花朵瞬間全被連根拔起，遭到踐踏，散落在我四周。

20

第二天，母親宣布要搬回城裡。早上父親到她房裡，與她獨處很長一段時間，沒有人聽見他對她說了什麼，不過母親已經停止哭泣，平靜下來，並要求吃東西，只是依然沒有現身，也沒有改變心意。我記得我遊蕩了一整天，但是沒有到花園去，而且一次也沒有望向廂房的方向。傍晚時，我見證了一幕令人詫異的場面：我父親挽著馬列夫斯基伯爵的胳膊穿過大廳來到玄關，在僕人面前冷冷地對他說：「幾天前，在一戶人家裡曾經有人對您下過逐客令，此刻我不打算跟您囉唆，不過要鄭重向您聲明，倘若您再次登門拜訪，我會將您拋出窗外。我不欣賞您的筆跡。」伯爵鞠了個躬，咬緊牙關，縮起身子，消失在門外。

我們開始收拾東西，準備搬回我們城裡位於阿爾巴特街上的房子。父親多半也不想繼續待在別墅，不過他顯然成功地說服母親不要大肆宣揚，一切都靜悄悄又不疾不徐地進行著，母親甚至差人向公爵夫人致意，為自己因為身體不適而無法在離開前親自辭行表達遺憾。我像個野孩子似的四處遊晃，只冀望這一切快快結束。有個念頭一直盤旋在我的腦海：她一位年輕女孩，加上貴為公爵小姐，明知我父親已經有家室，自己也有機會覓得歸宿，至少可以嫁給例如別拉伏佐洛夫這樣的對象，為何有勇氣做出這種事？她指望什麼？為何她不擔心斷送自己的前途？是啊，我心想，這就是愛，這就是迷戀，這就是癡情……此時我想起盧申說過的話：對某些人來說，犧牲自己更是甜蜜。我也曾經在廂房的其中一扇窗子裡看見蒼白的容顏……「難道那是季娜依達的臉蛋？」我想……沒錯，那是她的臉蛋。我按捺不住，無法在分開前不去做最後的道別。我覓得適當時機，便前往廂房。

在客廳裡，公爵夫人一如往常用散漫隨便的態度招呼我。

「少爺啊，你們怎麼這麼快就忙著收拾呢？」她一面說一面將鼻菸塞進鼻孔。

我看著她，內心頓時如釋重負。菲力普提到「借據」這事一直讓我感到苦惱。她沒有察覺任何異樣……至少當時我這麼認為。季娜依達自隔壁房間出現，她穿著黑色連衣裙，臉上沒有血色，披散著頭髮。她一語不發地牽起我的手，領我離開客廳。

「我聽見您的聲音，」她開口道。「立刻跑了出來。您這麼輕易就要拋下我們了嗎？壞心的孩子。」

「我是來與您道別的，公爵小姐。」我回答她。「或許以後再也不會見面了。您可能已經聽說，我們要離開了。」

季娜依達專注地凝視著我。

「是的，我聽說了。謝謝您過來，我還以為見不到您了。別記著我的壞處，我有時讓您不好過，不過我確實不是您想像的那種人。」

她轉過身，靠到窗子上。

「真的，我不是。我知道您看不起我。」

「我？」

「是的，您……就是您。」

「我？」我痛苦地重複，像往常那樣，內心因為受到無可比擬又難以言喻的魅惑而顫抖。「我？請相信我，季娜依達．亞歷山德羅夫娜，無論您做了什麼，無論您如何折磨我，我都會愛您，仰慕您，直到我生命的最後一天。」

她飛快地轉身面對我，敞開雙手，摟住我的頭，給了我一個強烈又熾熱的親吻。

只有上帝知道這個道別的長吻是獻給誰，不過我貪婪地品嚐它所帶來的甜蜜滋味。我心裡有數，這樣的吻再也不會有第二回。

「再會，再會了。」我不停說道……

她掙脫身子離去。我也走出廂房。我無法描述自己懷著什麼樣的心情離開。我不希望再次體驗同樣的感受，然而，倘若不曾有過這樣的體驗，我肯定會覺得自己相當不幸。

我們搬回城裡。我沒能很快地擺脫過往，立刻重拾書本。我的傷口癒合得很緩慢，不過我對父親沒有絲毫怨懟，相反地，他在我眼中似乎更高大了……就讓心理學家們從專業角度去解釋這種矛盾的心理吧。有一回我在大街上遇見盧申，內心的欣喜難以形容。我喜歡他直率不做作的性情，他在我心底勾起的回憶也讓我倍覺親切。我急忙跑向他。

「啊！」他招呼著，皺起眉頭。「是您啊，年輕人。讓我瞧瞧您。您看起來還是很憔悴，不過已經擺脫以往荒唐的眼神，看起來像個正常人，而不是隻寵物狗。很好。唔，怎麼樣？在用功嗎？」

我嘆了口氣，不想撒謊，卻又羞於承認事實。

「欸，不要緊。」盧申繼續說。「別害躁。重要的是正常過日子，不要沉迷於愛慕中。否則有什麼好處呢？無論愛情的浪頭將人衝往何處，都不會帶來好下場；一個人腳下站的哪怕是石頭，好歹也是雙腳踏實地站著。像我啊，老咳個不停……至於別拉伏佐洛夫，您聽說了嗎？」

「什麼事情？我沒有聽說。」

「失蹤了，杳無音訊。有人說他到高加索去了。這是現成的借鏡啊，年輕人。錯就錯在不懂得及時抽身，掙脫情網。瞧您，似乎順利脫身了。小心點，可別再掉進陷阱裡去。再會了。」

「不會的……」我心想。「因為我再也見不到她了。」不過，命中注定我還會再見到季娜依達最後一面。

21

父親每天騎馬出門。他有一匹赤褐色的英國駿馬，脖子細長、馬腿修長，精力旺盛，而且脾氣暴躁。馬兒叫做「電光」。除了父親以外，沒人駕馭得了牠。有一回他帶著很久不曾出現的好心情來找我。他打算出門，已經套好靴刺。我請求他帶我一起去。

「我們最好來玩跳馬背吧。」父親如此回答。「否則你自己騎那匹駑馬會趕不上我的。」

「趕得上的，我也會套上靴刺。」

「唔，好吧。」

我們一同出發。我騎的是匹通體烏黑、毛茸茸的小馬，四腿健壯，挺活潑好動；當「電光」邁步奔馳時，牠確實得拚命拔腿追趕，不過我終究沒有落後。我不曾見過足以和父親媲美的騎士：他坐姿高雅，從容又自在，他的坐騎似乎也感受到這一點，並引以為傲。我們騎遍每一條林蔭道，越過少女地，跨過幾座柵欄（起初我很害怕，不過父親看不起膽小的人，因此我克服了恐懼），兩次穿過莫斯科河。我以為我們會隨即打道回府，何況父親注意到我的馬兒已經累了，但是，他卻突然調過頭，沿著河岸往克里米亞淺灘方向馳去，我緊跟在後。抵達一垛高高疊起的老舊木頭堆後，他俐落地自「電光」背上一躍而下，令我下馬，將馬兒的轡繩交給我，交代我在木頭堆旁等他，隨後轉進一條窄巷，消失了蹤影。我將馬兒牽在身後沿著岸邊來回踱步，不時責備「電光」，因為牠一面走一面扯動轡繩、甩頭，鼻子發出呼哧聲響，不停嘶鳴；當我停住腳步時，牠要不是用馬蹄掘地，就是發出嗚叫，張口咬我那匹小馬的脖子，總之，表現得像隻十足被寵壞的「純種馬」[1]。父親還沒回來。河面散發令人不愉快的溼氣，我在木頭堆旁遊蕩，綿綿細雨靜靜地下著，在讓我厭倦的愚蠢灰色木頭上點綴出深色的小斑點。我惆悵起來，父親遲遲沒有出現。有個芬蘭裔的值勤員警朝我走近，他跟木頭一樣一身灰，頭上戴著碩大、老舊、狀似瓦罐的圓筒軍帽，攜帶一枝長柄斧（莫斯科河畔需要值勤員警做什麼呢！），他朝我轉過年邁又滿布皺紋的臉，說道：

[1] 原文用法文「pur sang」。

「您帶著馬在這兒做什麼呢，少爺？讓我幫您牽著吧。」

我沒有回答他。他開口向我討菸草。為了擺脫他（何況我已經焦躁難耐），我朝父親離去的方向走了幾步，接著走到巷子盡頭，拐過轉角，停下腳步。在街上離我四十步遠的地方，父親背對著我站在一扇窗戶敞開的木屋前，他胸膛靠在窗框上，小屋裡坐著一位身穿深色連衣裙、半身被窗簾掩蓋的女人，正在與父親談話。那位女人是季娜依達。

我呆若木雞。我承認自己萬萬沒有料到會目睹這一幕，第一個直覺反應是想要轉身逃跑。「父親如果回頭，」我心裡想。「我就完了……」不過一股奇特的感覺，比好奇甚至比嫉妒與恐懼更強烈的感覺遏止了我。我開始觀察他們，竭力想聽清楚他們交談的內容。父親似乎堅持著什麼，季娜依達不肯同意。她臉上的神情彷彿此刻還歷歷在目：哀傷、嚴肅、美麗，帶著難以言喻的癡情、哀愁和愛慕，同時摻雜著絕望——我找不出其他適當的形容。她一味用簡單的字眼回應，沒有抬頭，只是掛著一抹微笑，溫馴中帶著固執。光憑那個笑容就能認出我以往熟悉的季娜依達。父親聳了聳肩膀，調整了一下頭上的帽子，這是他不耐煩時的招牌動作。接著可以聽見：「您應該離開這裡[1]……」季娜依達挺直身子，伸出一隻手……突然間，我眼前上演一幅不可思議的景象：父親驀地揚起他正用來揮去禮服下襬灰塵的馬鞭，鞭子響亮地落在裸露及肘的手臂上。我差點驚叫出聲。季娜依達打了個哆嗦，緘默地望著父親，接著緩緩地將手舉到唇邊，親吻手上發紅的鞭痕。父親將馬鞭扔到一旁，急忙登上前門的台階，衝進屋內……季娜依達回過頭，張開雙臂，將頭朝後一仰，也離開了窗口。

我驚嚇得幾乎暈厥，心惴莫名的恐懼掉頭跑回河畔。奔出巷子時，險些鬆掉「電光」的韁繩。我無法思考。我知道有時我那位冷漠又自持的父親會突然勃然大怒，然而，我還是無法瞭解自己親眼目睹的這一幕……不過，我立刻感覺到，無論我在世多久，都將永遠無法忘記季娜依達當時的動作、眼神與笑容，而她的形象，那個陡然呈現在我面前的嶄新形象將永遠銘刻在我的記憶當中。我失神地望著河水，沒有注意到自己淚如泉湧。她挨打了，我想著……她挨打……挨打了……

「唔，幹嘛發呆，把馬兒給我！」我身後傳來父親的聲音。

我下意識地將韁繩遞給他。他跳到「電光」背上……凍壞了的馬兒騰起前蹄，往

---

[1] 原文用法文「Vous devez vous separer de cette」。

前跳躍一丈半遠……不過父親很快安撫牠。隨後他用馬刺刺牠的身側，朝牠脖子揮了一拳……「唉呀，沒有馬鞭。」他喃喃說道。

我想起方才聽到的揮鞭聲響，以及那一下鞭打，不禁打了個哆嗦。

「你把鞭子丟到哪裡去了？」半晌後，我問父親。

父親沒有答腔，逕自往前騎。我在後頭追趕。我無論如何想要看看他臉上的表情。

「我不在，你覺得無聊嗎？」他緊咬著牙說道。

「有一些。你把自己的鞭子掉在哪兒了？」我再次追問。

父親飛快地覷了我一眼。

「我不是弄掉了，」他說。「而是把它扔了。」

他陷入沉思，垂下頭……這時候，我頭一次，也幾乎是最後一次看見他堅毅的輪廓透露出無比的溫柔與遺憾。

他再度向前奔馳，這回我再也趕不上他，比他晚十五分鐘抵達家門。

「這就是愛情。」晚上坐在書桌前時，我再次對自己說道。桌上已經開始出現筆記本與書籍。「這就是激情！……當你以為受到別人暴力對待，一定會忿忿不平！……

更何況施暴的是心愛的人！不過，當你真正愛一個人的時候，顯然是能忍受的……而我……我以為……」

近來一個月的經歷讓我衰老許多，他們那種難以名狀的情感，教我猜不透又驚恐，宛如面對一張美麗又駭人的陌生臉孔，我試圖在曖昧不明中瞧個仔細，卻總是枉然……相形之下我的愛情所伴隨而來的不安和痛苦，便顯得如此渺小、幼稚且微不足道。

當天晚上我做了一個奇怪又可怕的夢。我夢見自己進入一個低矮、漆黑的房間……父親手上執著馬鞭，正在跺腳，季娜依達瑟縮在角落裡，紅色的鞭痕是在額頭上，不是在手上……滿身是血的別拉伏佐洛夫在他們兩位身後站起來，他張開毫無血色的雙唇，憤怒地威脅父親。

兩個月之後我進入大學，半年之後，我父親在彼得堡去世（因為腦溢血），我們一家人才剛搬去那裡不久。他臨終前幾天，收到一封來自莫斯科的信，為此情緒非常激動……他去向母親請求什麼事情，聽說還掉了眼淚。我的父親居然掉淚！他中風的那天早上，正打算用法文寫封信給我。「我兒，」他寫道。「對女人的愛，對那份愛情帶來的幸福與荼毒千萬要戒慎恐懼……」他去世後，母親寄了一筆為數可觀的款項到莫斯科去。

22

過了約莫四年，我剛自大學畢業，在還不清楚未來的方向，或是選擇什麼樣的道路時，暫時過著游手好閒的日子。在一個美好的傍晚，我在劇院碰見邁當諾夫。他已經結了婚，進入政府擔任公職，不過我發現他沒有任何改變，跟往常一樣過於熱忱，也會毫無來由地垂頭喪氣。

「對了，」他對我說。「您知道多里斯卡雅女士在這裡嗎？」

「什麼多里斯卡雅女士？」

「您難道忘記了嗎？就是以前我們大夥兒愛慕的札謝金娜公爵小姐，您當時也不例外呀。還記得吧，在毋憂園旁邊的避暑別墅裡。」

「她嫁給多里斯基？」

「是的。」

「而且她在這裡，在劇院裡？」

「不是，是在彼得堡。她剛抵達這裡，正準備到國外去。」

「她先生是什麼樣的人？」我問。

「是個很優秀的年輕人，家境富裕，是我莫斯科的同僚。您應當瞭解，經過那個事件之後……您想必很清楚整件事的來龍去脈（邁當諾夫意有所指地微微一笑）……她很難找到合適的對象，畢竟多少會有影響……不過，憑她的聰明才智，沒有辦不到的事情。去看看她吧，她會很高興見到您的。她出落得更動人了。」

邁當諾夫給了我季娜依達的住址，她下榻在季慕特旅館。我內心塵封的記憶蠢蠢欲動……我暗自承諾第二天就去拜訪我的往日「戀人」，不過臨時碰上一些事，一個星期過去，另外一個星期又過去，當我終於前往季慕特旅館表示要見多里斯卡雅女士時，卻得知她四天前意外地因為生產而死去的消息。

我內心似乎受到什麼東西的衝擊。我原本能夠見到她，卻錯失機會，而且從此再也見不著她了，這個悲傷的念頭帶著強烈責難的力道深深扎入我心裡。「她死了！」我重複說道，悵然若失地望著門房，接著靜悄悄地來到街上。我往前走著，卻不知邁向何處。往事瞬間浮上心頭，在我眼前一一掠過。原來那個年輕、熾熱、亮眼的生命將會如此結束，它匆忙又焦躁不安地朝前而去，為的是迎接這般的命運！我如此思忖，在腦海裡想像那親切的輪廓、雙眸和捲髮躺在狹隘的箱子裡，在地底潮溼的黑暗中，就位在離我這個生者不遠的地方，或許離我父親只有幾步的距離……我在腦海裡想像並描繪這副情景。於此同時，這段詩句在我心底迴盪：

從漠然的口中我聽見死亡的訊息，
我則漠然地傾聽……

噢，青春啊！青春！你睥睨萬物，彷彿擁有全世界的珍寶，悲傷能讓你獲得撫慰，憂愁也能襯托你的面貌；你自信又放肆，你說：瞧，只有我盡情地活著！但是你自己的生命卻匆匆消逝，沒有留下任何痕跡或印記，你蘊藏的一切都消失了，宛如陽光底下的蜂蠟，宛如白雪……或許，你動人的祕密不在於你能夠完成一切，而是你自以為能夠完成一切，在於你恣意揮霍自己不知如何發洩的精力，在於我們每個人都認真地以為自己是浪蕩子，認真地以為有權利說：「噢，若不是白白浪費了時間，我原本可以成就什麼樣的大事啊！」

而我……我是在冀望什麼，期待什麼，預想什麼樣多采多姿的未來嗎？在我初戀的幻影稍閃即逝的瞬間，我卻只能勉強用一聲嘆息，用寂寥的心情與之道別。

在所有我指望的事物當中，又有哪些獲得了實現？現在，當黃昏的陰影已經開始籠罩我的生命時，我所僅有的，又有什麼比那場迅速消失在春日早晨的雷雨更鮮明、更珍貴的回憶？

不過，我無須妄自菲薄。即使在當時，在那段輕率的年輕時光，對於向我傾訴的憂傷呼喚或從墓地裡傳到我耳邊的莊嚴聲音，我也並非無動於衷。我記得在我得知季娜依達死訊過後沒幾天，我依從內心無法抗拒的衝動，去探望我們同一棟樓裡一位臨終的貧窮老婦人。她身上蓋著破爛的被單，躺在堅硬的床板上，頭底下墊著布袋，艱鉅並沉重地走完人生最後一程。她一生中不斷與拮据的生活搏鬥，不曾體驗過喜悅，不曾品嚐幸福的甜蜜滋味，我們會以為，她怎麼可能不樂於迎接死亡，迎接自由與安詳？然而，當她孱弱的身子還頑強抵抗，當胸膛還在她逐漸冰凍的手底下痛苦地起伏，當最後一絲力氣尚未屏棄她時，老婦人仍然不斷地劃著十字，不停地低聲說道：「上帝啊，請饒恕我的罪過。」直到眼中最後一星意識的火花消失時，她眼神裡的害怕與恐懼才隨之消逝。我還記得，就在那裡，在那位可憐老婦人彌留的時刻，我開始替季娜依達感到害怕，使我不禁想替她，替父親，還有替自己祈禱一番。

屠格涅夫，1838年，戈爾布諾夫（K. A. Gorbunov）水彩，畫中人的神態與〈初戀〉小說中的男主角神似，這位大學剛畢業的青澀年輕人，才從初戀的傷痛中恢復不久，正準備迎接新世界。

阿霞[1]

[1] 本篇原作發表於一八五八年的《現代人》（Современник）雜誌第一期。——俄文版編注

1

「我當時年約二十五歲。」NN開口說道。「如您所見，這已經是陳年往事了。我剛剛揮別求學生涯，去到海外，不過不是為了當年人們常說的『完成我的教育』，而是純粹想開開眼界。那時我年輕健康又無憂無慮，不但手頭闊綽，而且年少不識愁滋味；我勇往直前，隨心所欲，總之，正經歷生命中的巔峰時期。當時我壓根不曾想過，人不是植物，不可能常年欣欣向榮。年輕人往往把包金的蜜糖餅當成家常麵包來吃，然而，遲早有那麼一天，你會為了一小片麵包而哀求他人。不過，這些話多說無益。

「我的旅行漫無目標，缺乏計畫。我隨意停留在中意的地方，一旦覺得想瞧瞧新面孔——正是面孔沒錯——便立刻動身離開。唯一令我感興趣的只有人。我厭惡新穎的紀念像和珍貴的收藏，看到嚮導就令我感到難受、生氣；參觀德國德勒斯登的『綠穹珍寶博物館』時，我差點沒有瘋掉。自然對我具有強大影響力，然而我不喜愛所謂的美景、奇峰、絕壁或瀑布，也不喜歡受到自然的牽絆或阻礙。不過面孔，人類生動的面孔——人們的話語、舉止與笑容——卻是我生活中不可或缺的。在人群中，我總是特別愜意、歡喜；我很樂意跟隨群眾，當別人吶喊時，也跟著他們一起張口吶喊，同時欣賞別人喊叫的模樣，並觀察人們帶給我無窮的樂趣……我甚至不是觀察他們，而是帶著某種欣喜又無法饜足的好奇端詳他們。但是，我又把話題扯遠了。

「是這樣的，大約二十年前，我住在萊茵河左岸的德國小城Z[1]。當時我有意離群索居，因為不久前才被一位在礦泉療養地認識的年輕寡婦傷透了心。她美麗聰慧，跟每個人調情，包括我這個罪人在內，起先甚至慫恿我追求她，後來卻轉而青睞一位臉頰紅潤的巴伐利亞中尉，殘酷地傷害了我。老實說，我心裡的傷痕並不太深，不過我認為有必要在悲傷中沉溺，好好孤單一段時間——年輕人沒什麼好開心不起來的！——於是便落腳在小城Z。

「我之所以喜愛這個小城，是因為它位於兩座峻嶺的山腳，城裡有頹圮的牆壁、

---

[1] 指辛齊希（Sinzig），是位於德國西南部萊茵蘭—普法爾茨州的小城鎮。屠格涅夫在一八五七年夏天旅居此地，這部小說裡的佳金兄妹即以他在當地認識的友人為原型。——俄文版編注

塔樓、古老的椴樹，匯入萊茵河的清澈小溪上有座拱橋，最重要的，是這裡香醇的美酒。標緻的金髮德國姑娘會在太陽剛下山（時值六月）的傍晚沿著城裡狹窄的街道散步，遇見外國人士，會悅耳地輕輕道聲：『晚安！』[2]直到月亮自老舊房舍尖頂後方升起，路面上的碎石在靜止的月光下清晰可見時，有些姑娘依然在街上流連忘返。我喜歡在那個時刻漫步城裡：月亮彷彿自澄靜的天空凝望這個小城，城市也感受到它的目光，敏銳又安詳地矗立月光下，沐浴在這片無憂無慮又默默激動人心的月色裡。公雞在高聳的哥德式鐘樓上散發蒼白的金黃色光芒，同樣的光芒也在溪流的黝黑鏡面上蕩漾，細細的蠟燭（節儉的德國人！）在石墨屋頂下方的窄窗裡發出謙遜的微光，葡萄藤從石圍牆後頭神祕地探出自己的捲鬚。三角形廣場上，有什麼東西自古老井邊的陰影裡掠過，夜班警衛有氣無力的哨音突然響起，和善的狗兒低聲嗚叫；微風輕撫著臉龐，椴樹發出甜蜜的芳香，使人不由自主地深深呼吸起來，讓人禁不住想吐出『葛麗卿』[3]這個名字，既像驚嘆，又似提問。

---

[2] 原文用德文「Guten Abend!」。

[3] 葛麗卿是德國作家歌德的作品《浮士德》裡的女主角。

「Z城位於離萊茵河兩里[1]遠的地方。我經常步行去觀看壯闊的河面，久久坐在孤伶伶的大白蠟樹下一張石凳上，聚精會神地回想那位工於心計的寡婦。一座小聖母雕像不時自枝椏間哀傷地向外張望，雕像有張近乎童稚的臉龐，胸前有顆被劍刺穿的紅色心臟。位於河對岸的是L城[2]，比我暫住的城要大一些。有一回傍晚，我坐在鍾愛的長凳上，輪流望著河水、天空和葡萄園。我面前擺著一艘被拉上岸黑底朝天翻放的小船，淺色髮的小男孩們在船的兩邊爬上爬下。小帆船張著微鼓的風帆靜靜航行，綠波掠過船側，掀起漣漪並發出汩汩聲響。突然間，有音樂傳到我耳邊。我仔細聆聽，是L城那兒在演奏華爾滋，低音提琴斷斷續續地響著，依稀可聽見小提琴聲，還有長笛的活潑演奏。

「『那是什麼？』我向一位朝我走來的長者打聽。他穿著棉絨背心、藍色襪子，腳踩一雙搭扣環的矮靴。

「『那個啊，』回答我之前，他先將含著的菸斗柄自一邊嘴角移到另外一邊。『是

[1] 此處指俄里，全書亦同，一俄里相當於一．○六公里。

[2] 指萊茵河畔林茨（Linz am Rhein），城鎮的東南方隔著萊茵河與辛齊希比鄰。——俄文版編注

B地[3]的大學生來參加歡慶會。』

「『我這就去瞧瞧大學生的歡慶會吧，』我想道。『況且我沒去過L城。』找到船夫後，我便朝河對岸出發。」

[3] 指波昂（Bonn），位於萊茵河畔林茨北方約二十六公里。——俄文版編注

2

或許不是每個人都知道什麼是大學生歡慶會，那是同一地區或團體的大學生共同參加的特別盛宴，幾乎所有出席者都一身傳統德國大學生打扮，身穿輕騎兵式外套，腳踩偌大的長統靴，頭戴特定顏色帽圈的小帽子。大學生們通常在將近午餐時間前集合，由級長，即畢業班班長，主持餐宴。他們通宵大快朵頤、開懷暢飲，高唱〈國父〉[1]與〈同歡〉[2]，抽菸，大肆批評市儈的人們，有時還會僱用樂隊助興。

L城裡在進行的正是這樣一場大學生歡慶會，地點是在一間掛著「太陽」招牌的小旅館前方臨街的花園裡。旗幟在旅館和花園上方飄揚，修剪過的椴樹下擺著桌子，

[1] 原文用德文「Landesvater」，古老的德國歌曲。
[2] 原文用德文「Gaudeamus」，古老的拉丁文大學生歌曲。

學生們分散坐在桌旁，一隻碩大的鬥牛犬躺在其中一張桌子底下；樂手們在一旁常春藤環繞的小亭子裡賣力地演奏著，不時喝喝啤酒提振精神。頗多人聚集在花園矮牆前的街道上：L城善良的居民們可不願意錯過這個見識外來客的機會。我也混在人群當中，高興地望著一張張大學生的面孔，他們的擁抱、歡呼、年輕人們無邪的打情罵俏、熱切的眼神、毫無來由的歡笑——那是世上最棒的笑聲，這歡欣蓬勃的年少、清新的生命，這股勇往直前的衝動——無論邁向何方，只要儘管向前，加上這股純真的悠然自得，在在令我感動，使我內心激昂起來。「是否應該加入他們？」我如此自問……

「阿霞，妳看夠了嗎？」我背後突然有個男性聲音用俄文說道。

「再待一會兒。」另外一個女性的聲音同樣用俄文回答。

我迅速轉身……看見一位頭戴鴨舌帽，身穿寬鬆短上衣的瀟灑年輕人，他挽著一位女孩的手臂，女孩個頭不高，戴著一頂草帽，遮住了整張臉的上半部。

「你們是俄國人嗎？」我不由自主脫口而出。

年輕人微微一笑，說道：

「是的，是俄國人。」

「我沒有料到……在這樣偏僻的地方……」我剛剛開口還沒說完。

「我們也沒有料到。」他打斷我的話。「唔，這樣更好。請容我自我介紹：我叫佳金，這位是我的……」他頓了一下。「我的妹妹。請問您尊姓大名？」

我說出自己的名字後，和對方談了開來。我得知佳金跟我一樣，旅行純粹為了享受，一個星期前來到Ｌ城，便在此耽擱了下來。老實說，在國外時，我不大樂意與俄國人來往。我大老遠便能從走路的姿態、衣著打扮，最重要的是臉上的神情認出同胞，他們那洋洋得意、目中無人、經常使喚人的表情會陡然變得謹慎又膽怯……整個人突然警覺起來，眼神驚惶地游移不定……「我的老天爺！我會不會吹噓過頭了？沒有人嘲笑我吧？」——那急促的目光彷彿如此說道……不出片刻，那張臉又會回復莊嚴的神色，間或穿插呆滯困惑的表情。沒錯，我一向迴避俄國人，不過佳金立刻贏得我的好感。世界上確實有這種幸運的臉蛋，令人感到賞心悅目，彷彿使人心底獲得了溫暖或慰藉。佳金擁有的便是這樣一張臉孔，討喜、溫柔，還有一對溫和的大眼睛和一頭柔軟的捲髮。他說話時，即使沒有看見他的表情，只憑說話的聲音便能感覺他臉上掛著微笑。

他稱是自己妹妹的女孩在我第一眼看來很討人喜歡。她那些許黝黑的圓臉蛋、秀氣的尖鼻、近乎童稚的臉頰和清澈的黑眼睛帶有某種獨特的韻味，體態優雅，不過彷佛尚未發育成熟。她與自己的兄長一點都不像。

「您願意到我們家作客嗎？」佳金對我說道。「我們似乎看夠德國人了。說真的，換作我們俄國人，肯定會砸玻璃、摔椅子，這些學生實在太守規矩了。阿霞，妳覺得我們可以回家了嗎？」

女孩點了一下頭表示同意。

「我們住在城郊，」佳金繼續說。「在葡萄園裡一棟孤伶伶的小房子裡，位在很高的地方。我們那裡環境很棒，您可以親眼見識見識。房東太太答應為我們準備酸奶。天色很快要黑了，您最好等到月亮升起時再渡過萊茵河。」

於是我們便出發了。穿過低矮的城門（圓石砌成的古老城牆自四面八方將小城圍攏起來，牆上甚至還有尚未完全毀壞的炮眼），我們來到野外沿著石牆走了大約一百步，停在一扇狹窄的籬笆門前。佳金打開小門，領我們走上通往山裡的陡峭小徑。兩邊的梯形山坡上長滿葡萄樹，太陽剛剛下山，鮮紅色的微光灑在綠色的藤蔓、高高的木樁、鋪滿大小石板的乾燥地面，以及小屋的白牆上。屋子採用黑色斜樑，有四扇明亮的小窗戶，坐落在我們攀登而上的山頭頂端。

「這就是我們的住所！」我們走近小屋時，佳金嚷道。「啊，房東太太正好拿來牛奶。『晚上安好，女士！』[1]……我們馬上用餐，不過在這之前，」他補充一句。「請回頭瞧一瞧……這景色美妙吧？」

景色確實很美妙。萊茵河橫躺在我們面前，銀色波光粼粼，青蔥的兩岸之間有一處河水閃耀著夕陽紫金色的餘暉。城鎮靠近岸邊落腳，城裡的住屋與街道一覽無遺，丘陵與田野朝四面八方伸展。山腳下景色秀麗，但上頭風景更迷人。讓我特別訝異的是天空的清澈與深渺，還有空氣的晶亮透明，清新又輕盈的空氣靜靜地擺盪波動，彷彿在高處更為優游自得。

「您挑了一處很棒的住所。」我說。

「這是阿霞找到的。」佳金回答。「喂，阿霞，」他繼續說：「妳來吩咐吧。叫人把東西都端到這兒來，我們要在戶外用晚餐，在這裡音樂也比較清晰。您有沒有發現，」他轉向我說道，「有些華爾滋近聽難以入耳，庸俗又粗糙，但是從遠處聽來——簡直是天籟！能夠撥動你心底每一根浪漫的心弦。」

阿霞（事實上，她的名字是安娜，不過佳金暱稱她阿霞，因此請諸位也允許我如

[1] 原文用德文「Guten Abend, Madame!」。

此稱呼她）——阿霞進到屋內，很快與房東太太一起出來。她們兩人共同端著一個大托盤，上頭擺著一罐牛奶、碟子、湯匙、糖、漿果和麵包。我們坐下，開始晚餐。阿霞脫下帽子，她那修剪梳整得像小男孩一樣的黑色捲髮大綹大綹地落在頸子和耳朵上。起初她因為我而顯得怕生，但是佳金對她說：

「阿霞，別畏畏縮縮！他不會咬人。」

她露出微笑，不久便主動開口跟我交談。我沒見過比她更活潑好動的人，她一刻也無法安坐在椅子上，不斷起身，在屋裡忙進忙出，嘴裡小聲哼唱，經常發笑，而且相當古怪，彷彿不是因為聽到什麼好笑的事，而是因為腦中浮現的各式各樣念頭。她一雙大眼睛的目光很直率、清澈又大膽，不過，有時她會微微瞇縫雙眼，眼神忽然變得深邃又溫柔。

我們聊了大約兩個小時。白晝早已退去，起先遍天火紅的黃昏漸漸明朗鮮紅，接著轉為蒼白朦朧，悄悄融化，漫成黑夜。我們的談話仍然繼續著，友好又溫馨，就像圍繞我們四周的空氣一樣。佳金囑人送上一瓶萊茵葡萄酒，我們不疾不徐地啜著。音樂依然傳到我們所在的地方，樂聲顯得更甜蜜溫柔；燈火點綴在城裡，蔓延至河面上。阿霞突然垂下頭，捲髮因此落到眼睛上，她靜默下來，嘆了一口氣，接著告訴我們她想就寢了，便回到屋裡去。然而，我看見她沒有點燃蠟燭，還站在緊閉的窗戶後頭好一段時間。月亮終於升起，照得萊茵河波光閃閃，有些景物被照亮，有些變得昏暗，萬物都更換了面貌，連我們玻璃杯裡的酒也閃爍著神祕莫測的光澤。風停了，彷彿收起了翅膀，止息不動；地面散發一股入夜芬香的熱氣。

「該走了！」我大聲說道。「否則恐怕會找不到船夫。」

「該走了。」佳金附和。

我們沿著小徑往下走。突然間，我們身後落下碎石子⋯是阿霞在追趕我們。

「妳不是在睡覺嗎？」她哥哥問。她沒有答腔，只是從旁跑了過去。

大學生們在旅館花園裡點燃的最後幾碟殘燭照耀著樹葉，替葉子添上歡樂節慶的氣氛。我們在岸邊找到阿霞，她正在與船夫交談。我跳上小船，和新朋友們道別。佳金承諾第二天要來拜訪我，我跟他握握手，接著向阿霞遞出手，她卻只是望了我一眼，搖搖頭。小船離開岸邊，順著湍急的河水迅速漂離。船夫是個精神奕奕的老頭子，費勁地將划槳插入黑茫茫的水中。

「您駛進月亮的倒影，把它打碎了。」阿霞對我喊道。

我低下頭，一片黑色的波浪在小船周圍翻騰。

「再會！」她的聲音再度響起。

「明天見。」佳金隨後說。

小船抵達停泊處，我上岸後回頭望，對岸已經看不見任何人影。月亮的光柱再次迤邐出一道跨越河面的金色橋樑。古老的蘭納華爾滋舞曲流洩而至，彷彿在做最後的道別。佳金說對了：我能感受到我內心的每一根心弦都在回應那諂媚的旋律。我穿過昏暗的原野回家，緩緩地呼吸著芬芳的空氣；難以言喻又無止盡的渴望帶來一陣甜蜜的疲憊，使得我回到房間時全身酥軟。

我感到很幸福……但是為何感到幸福？我沒有任何期盼，沒有任何心思……就是幸福。

我鑽進被窩，幾乎因為太過歡欣快活而笑了起來。準備閉上眼睛時，突然想到自己整個晚上一次也不曾想起那位絕情的美人寡婦……「這表示什麼呢？」我自問。「難道我是戀愛了？」不過，提出這個問題後，我宛如搖籃裡的嬰兒，立刻墜入夢鄉。

3

第二天清晨（我已經醒來，不過還沒起床），我的窗下響起棍子敲打聲，有個聲音——我立刻認出是佳金——開口唱道：

你還在睡夢中嗎？我用吉他聲
喚醒你……

我趕緊替他開門。

「你好。」佳金進門時打招呼。「我一大早就擾你清夢，不過你瞧瞧這美麗的早晨：空氣清新，還有晨間的露水，雲雀啼唱……」

他本人一頭閃亮的捲髮、敞開衣領的脖子和紅潤的雙頰，就跟早晨一樣清新。

我換好衣服，和他一起走到小花園，坐到凳子上，吩咐端上咖啡，開始談天。佳金告訴我他對未來的規劃：他擁有頗豐厚的資產，不需倚賴任何人，因此想要投身繪畫，只是遺憾自己沒能即早醒悟，徒然浪費了許多光陰。我也談到自己的打算，同時向他透露自己有一段不幸戀情的祕密。他耐著性子聽完我的故事，不過，據我的觀察，我的激動並沒有喚起他太多的同情，他只出於禮貌附和我嘆了兩次氣，之後提議到他住處去看他的寫生作品，我立刻欣然同意。

我們沒有碰到阿霞。房東太太轉述，她到「遺址」去了，那是離L城約兩里遠處一座莊園城堡的遺跡。佳金向我展示所有的繪畫作品。畫作很生動、純真，有種自由奔放的味道，不過沒有一幅是成品，而且在我看來過於潦草，欠缺說服力。我坦白告訴他我的看法。

「是的，是的。」他嘆氣附和。「您說得對，這些作品畫得不好，也不成熟。能怎麼辦呢！我沒有下苦功學習，加上斯拉夫民族那可惡的散漫習性作祟。當我夢想著工作時，好似大鷹展翅，彷彿擁有移山倒海的能力，一旦親身實踐，卻立刻洩了氣，感到力不從心。」

我打算開口鼓舞他，他卻揮了揮手，將所有作品收攏後，丟在沙發上。

「如果有足夠的耐性，我會有所成就的。」他低聲說。「如果耐性不足，就永遠只會是個貴族出身的紈褲子弟。我們不如去找阿霞吧。」

4

通往遺址的道路蜿蜒在叢林密布的狹谷斜坡上，谷底有一條小溪，嘹亮地在石頭間川流不息，彷彿急著朝大河匯流，大河則在山脊裂口昏暗的界線之外靜謐地閃耀著。佳金向我指出幾處被陽光映照得格外動人的景致，從他的話語中可以聽得出來，他雖然還不是個畫家，但稱為藝術家或許當之無愧了。遺址很快出現在眼前。有一座四角高塔矗立在光禿石岩的最頂端，通體烏黑，還很堅固，只是被一道縱向的裂口劈了開來。長滿青苔的牆壁與塔樓銜接，有些地方爬滿常春藤，彎曲的小樹木懸掛在斑駁的炮眼和頹圮的拱頂上。一條碎石小路通往倖免於難的大門。我們走近大門之際，突然間，一個女性的身影在我們前方掠過，飛快地越過一堆碎石，在懸崖正上方突出的牆面坐了下來。

「那是阿霞啊！」金佳嚷道。「真是個瘋狂的女孩！」

我們走進大門，來到一個小庭院，半座院裡長滿了野生蘋果樹和蕁麻。在突出牆面上坐著的確實是阿霞，她朝我們轉過臉，笑了起來，不過沒有離開原地。佳金伸出手指警告她，我則大聲責備她太不顧安危了。

「夠了。」佳金小聲對我說道。「別刺激她，您不瞭解她，說不定她還會爬上高塔去呢。您倒是開開眼界，瞧瞧當地人多麼機伶。」

我回頭張望。角落裡有座木頭搭建的小售貨亭，一位老婦人棲身在裡頭，一面編織襪子，一面透過眼鏡斜眼瞧著我們。她販售啤酒、蜜糖餅和氣泡礦泉水給遊客。我們在長板凳上坐下，用笨重的錫杯喝著頗為冰涼的啤酒。阿霞仍一動不動地跪坐原地，頭上裹著薄紗巾，清澈的天際明朗又動人地映襯出她勻稱的體態，我卻只是偶爾不以為然地打量她。前一天晚上，我已經察覺到她的舉止有種忸怩又造作的意味……「她想引起我們注意。」我心裡想著。「這是為什麼？何必如此孩子氣？」彷彿猜到我的心思，她冷不防地飛快朝我投來犀利的一瞥，又笑了起來，三兩下便跳下牆面，走向老婦人，向她要了一杯水。

「你以為我想喝水嗎？」她對哥哥說。「不是的，是牆上的花朵非澆點水不可。」

佳金沒有回應她。她手持杯子，在廢墟攀上爬下，有時停住腳步俯下身，滑稽又煞有介事地淋幾滴水，水珠在陽光底下耀眼發光。她的動作相當可愛，不過我仍然對她不抱好感，即使我忍不住欣賞她輕巧靈活的模樣。在一個危險的地方，她故意大叫一聲，緊接著哈哈大笑……這讓我更為懊惱。

「她像隻山羊一樣爬上爬下。」老婦人停了一下手邊的編織活，嘟囔道。

阿霞終於倒完整杯水，淘氣地晃著身子回到我們身邊。一絲古怪的嘲笑輕輕牽動著她的眉毛、鼻孔與雙唇，烏黑的眼睛彷彿放肆，又似快活地瞇縫著。

「您認為我的舉止不得體。」她的神情似乎如此說道。「無所謂，反正我知道您在欣賞我。」

「做得好，阿霞，做得好。」佳金低聲說道。

她似乎突然間感到不好意思，垂下長長的睫毛，像個犯錯的人一樣在我們身旁謙虛地坐下。這時我頭一次仔細端詳她的臉蛋，那是張我此生見過最善變的臉。轉眼間，她又臉色發白，一副專注到幾乎是哀傷的神情；她臉部的線條在我眼中顯得更深、更端正，也更簡潔。她完全安靜下來。我們沿著遺址走了一圈（阿霞跟隨在我們後頭），觀賞風景。這時候，午餐時間快到了。與老婦人結帳時，佳金又點了一杯啤酒，接著轉向我，裝出狡黠的鬼臉大聲說：

「為您心儀女士的健康乾一杯！」

「難道他有——難道您有心儀的女士嗎？」阿霞突然問道。

「誰沒有呢？」佳金反問。

阿霞沉吟半晌，她的表情再度變幻，臉上又出現挑釁，幾乎是放肆的訕笑。

返家的路上，她變得更淘氣，笑得更響亮。她摘下一根長樹枝，當武器般架在自己的肩頭，並將圍巾綁在頭上。我記得我們遇見一大家子古板的金髮英國人，他們每個人都像聽令般，用冷漠訝異的呆滯眼神目送阿霞，她則存心跟他們作對似地引吭高歌。回到家後，她立刻回到自己房間，直到午餐時間才出現。她穿上最好的連衣裙，頭髮經過精心梳整，緊緊紮著，手上還戴著手套。在餐桌邊她表現得循規蹈矩，簡直到拘泥的程度，幾乎沒有碰食物，只用高腳玻璃杯喝水。她顯然想在我面前扮演新的角色——一位舉止端莊、教養良好的小姐。佳金沒有制止她，看得出來，他對她萬般縱容。他只是偶爾和顏悅色地看看我，稍稍聳聳肩膀，似乎想藉此表示：「她不過是個孩子，請寬待些。」午餐一結束，阿霞立刻起身，向我們行屈膝禮後便戴上帽子，詢問佳金她是否可以去拜訪露易絲女士。

「妳幾時開始會徵詢我的同意了？」他帶著一貫的笑容回答，帶著幾分難為情。

「難道跟我們在一起很無聊嗎?」

「不是的，只是我昨天已經答應露易絲女士要去拜訪她，而且我想你們兩人獨處比較好，N先生(她指著我)還會跟你透露更多的事情。」

她離開了。

「露易絲女士，」佳金竭力迴避我的目光說道。「是本地已故市長的遺孀，一個善良但是沒什麼腦筋的老婦人，她很疼愛阿霞。阿霞熱中和底層的人們交往，我注意到，她會這麼做的主要原因是驕傲。如您所見，她被我寵壞了。」他沉默了一會兒後繼續說:「但有什麼辦法呢?我沒法苛責任何人，更別說是她了。我有義務寬待她。」

我沒有答腔，佳金便換了話題。我對他瞭解愈多，對他的依繫就愈深。我很快摸透他的個性，他擁有道地的俄國性格:實在、忠厚、心思單純，然而，很不幸地，有些委靡、不夠頑強，內心缺乏熱情。他的青春不是熱血沸騰，而是煥發靜謐的光芒。他既迷人又聰明，但是我無法想像他成熟後會是什麼模樣。或許會成為藝術家……但藝術家必須經過持久的磨練……「不過，談到磨練，」我望著他線條柔和的輪廓，聽著他緩緩的語調，心裡自忖:「不!你不會埋頭苦幹，也無法鞭策自己。」但是你不得不愛他，心思就是忍不住受他牽引。我們兩人共度了四個小時，一會兒坐在沙發上，一會兒在屋前徐徐漫步。在這四個鐘頭的時間裡，我們成了知心的好朋友。

太陽已經下山，該是我回家的時候。阿霞依然還沒回來。

「她真是個淘氣又任性的孩子！」佳金說道。「您願意的話，我送您吧？我們順路繞到露易絲女士那兒，問問她是否在那裡？不會走太多冤枉路的。」

我們下山到城裡，轉進一條狹窄彎曲的小巷，停在一棟兩扇窗戶寬、四層樓高的房子前面。臨街的第二層樓較第一層樓突出，第三、四層樓又更為突出；屋子表面陳舊的浮雕、底樓兩根厚重的梁柱、尖形的瓦片屋頂和閣樓上像鳥喙般突起的絞車，在在讓整棟房子看起來像隻弓著身軀的大鳥。

「阿霞！」佳金喊道。「妳在這裡嗎？」

三樓亮著燈光的窗戶嘎地一聲打了開來，我們看見阿霞黑黑的小腦袋。她身後探出一張缺牙又視力不佳的德國老太婆面孔。

「我在這兒。」阿霞說道，婀娜多姿地將雙肘倚在窗台上。「我喜歡待在這裡。這給你，接著。」她丟給佳金一枝天竺葵。「想像我是你心儀的女士。」

露易絲女士笑了起來。

「N要離開了。」佳金回答她。「他想跟妳道別。」

「是嗎?」阿霞說。「這樣的話,請將我的花交給他,我馬上就回家。」

她砰地關上窗戶,接著似乎吻了一下露易絲女士。佳金不發一語地將花朵遞給我。我沉默地把它放進口袋,走到渡口,回到對岸。

我記得自己步行回家,腦海裡沒有任何思緒,心情卻異常沉重。猛然間,一股強烈又熟悉,但是在德國相當罕有的氣味使我訝異地停下腳步,我看見路邊有一小畦大麻作物,那股原野的氣息瞬間讓我聯想到故鄉,勾起我內心濃烈的鄉愁。我想呼吸俄國的空氣,行走在俄國的土地上。「我在這裡做什麼?為何在生疏的土地上和陌生人之間遊蕩?」我出聲喊道,心中那股死氣沉沉的壓迫感忽然化為苦澀又火熱的激動之情。我懷著與前一晚迥然不同的心情抵達住處,幾乎是滿腔怒氣,久久無法平息,整個人被一團莫名所以的懊惱占據。最後我終於坐下來,想起自己那位狠心的寡婦(我的每一天都以回憶這位女士作為正式終結),於是取出她寫的一張短箋。然而,還來不及打開那封短箋,我的思緒驟然轉變,開始想起……想起阿霞。我記起佳金在談話間暗示過某些阻礙他回到俄國的難處……「何必計較她是不是他的妹妹呢?」我大聲說道。

我脫下衣服,躺了下來,試圖入睡,然而,一個小時過後,我再度從床上坐起來,一隻手肘靠在枕頭上，又想著那位「笑聲做作的任性少女……」。「她的體態好比收藏在法列及那宮的拉斐爾畫作裡的嘉拉提亞。」我喃喃低語。「沒錯。而且，她不是他的妹妹……」

而寡婦的短箋則靜靜地躺在地板上，在月光下發白。

5

第二天一早，我又到L城去。我說服自己的理由是想和佳金見面，其實暗地裡希望瞧瞧阿霞又會有什麼舉動，是否還會跟前一天一樣「舉止怪異」。我在客廳找到他們兩位，奇怪的是，不知是否因為昨夜跟今晨我的思緒一直糾纏在俄羅斯的緣故，阿霞如今在我看來是個相當典型的俄國姑娘，純樸的姑娘，幾乎像個女僕。她穿著一件老舊的連衣裙，將頭髮掖在耳後，紋風不動地坐在窗邊刺繡，含蓄又安靜，彷彿生來不曾做過其他事情。她幾乎沒有開口，偶爾平心靜氣地打量自己的作品時，臉上的神情如此普通平凡，使我禁不住想起故鄉那些名叫卡佳和瑪莎的女孩們。為了讓這種相似感更為逼真，她開始小聲哼起〈母親，親愛的〉這首歌。我望著她微微蠟黃、憔悴的小臉蛋，想起昨日的幻想，不禁產生一股莫可名狀的惋惜之情。天氣相當晴朗。佳金向我們宣布今天要去戶外寫生。我問他：是否允許我同行，會不會因此打擾到他？

「恰巧相反，」他反駁道。「您可以提供我好意見。」

他戴上凡・戴克式[1]圓帽，穿上工作服，將畫板夾在腋下後便出發了，我則尾隨在後。阿霞待在家裡。臨出門時，佳金請她留意別讓湯煮得太稀了，阿霞承諾會進廚房留意這件事。佳金來到我已經熟悉的山谷，在石頭上就座，著手畫起一棵窟窿滿布、枝椏伸展很遠的老橡樹。我躺在草地上，取出書本，但是我連兩頁也沒讀完，而他只是在紙上潦草作畫。我們將大部分時間花在討論上頭，內容包括正確的工作態度、該避免什麼、該堅持什麼，以及藝術家在我們這個世紀代表的實際意義——依我看來，我們的議論挺有見地，也頗為精闢。佳金終於決定他「今天不是處於最佳狀態」，於是在我身邊躺下來，我們兩位年輕人立刻天南地北地交談起來，一會兒熱烈，一會兒沉吟，一會兒又慷慨激昂，談的幾乎盡是些俄國人樂於高談闊論且模稜兩可的話題。我們盡情地暢談了一番，為此感到心滿意足，宛如達到了某種成就，及時完成了什麼大事，隨後便動身回家。見到阿霞時，她仍然保持先前我離開時的模樣，無論我多麼

---

[1] 安東尼・凡・戴克（1599-1641）是英國國王查理一世時期的英國宮廷首席畫家，為查理一世及其皇族創作了許多著名的肖像畫。

仔細觀察她，都察覺不出她有絲毫賣弄風情或刻意玩弄什麼角色扮演的跡象，這一回沒人能夠指責她矯揉造作。

「啊哈！」佳金說道。「她正在齋戒懺悔呢。」

將近傍晚時，她自然地打了幾次哈欠，早早回去自己的房裡。我也很快跟佳金道別，回到家後，腦子裡已經沒有任何幻想，這一天在清醒中度過。不過，我記得就寢時，仍然忍不住說出口：「那個女孩真是隻變色龍啊！」沉吟半晌後，還補了一句：「然而，她確實不是他的妹妹。」

6

過了整整兩個星期。我每天都去拜訪佳金兄妹。阿霞似乎在迴避我，不過已經自制，不再做出我們剛認識頭兩天那些令我訝異的頑皮舉動。她看起來好像有傷心事，或是感到難為情，連笑容都變少了。我好奇地觀察著她。

她的法語和德語講得挺流利，但從各種方面都看得出來，她自小缺乏女性的照顧，接受的是跟佳金全然不同的非正規教育。佳金即使戴著凡．戴克式帽子，穿著工作服，身上依然散發一股俄國貴族溫和又略帶嬌生慣養的氣質；她卻不像大家閨秀，舉手投足顯得焦躁不安。這是株不久前才嫁接的野生植物根苗，這瓶酒還在發酵中。她生性害臊又膽小，為自己的靦腆感到懊惱，出於懊惱，才會迫使自己佯裝隨性又大膽，只是並不總能如願以償。我有幾次開口跟她談起有關她在俄國的生活和她的過去，她總是不情願地回答我的詢問，不過我還是得知在出國之前，她在鄉下住了很長一段時間。

有一回我碰上她獨自一人正在看書，當時她雙手捧著頭，手指深深嵌入頭髮裡，貪婪地讀著書中的字句。

「太棒了！」我走近她時說道。「您真是勤奮用功！」

她抬起頭，傲慢又嚴肅地望了我一眼。

「您以為我除了發笑，什麼都不會。」她說完後打算走開。

我看了一眼書名，是本法國小說。

「不過我無法讚賞您的選擇。」我指出。

「那該看什麼書呢！」她大聲說完，將書丟到桌上，又加了一句：「我看我最好還是去瞎鬧吧。」然後便跑到花園去。

同一天傍晚，我為佳金朗讀《赫爾曼與竇綠苔》[1]。阿霞一開始只是在我們身邊亂竄，後來突然停下來，豎起耳朵，悄悄坐到我身旁，聽我朗誦完整首長詩。第二天我又認不出她來，後來我猜到，她是乍然心血來潮，想表現得跟竇綠苔一樣善於持家又端正莊重。總之，她對我而言是個半謎樣的人物。她極度好強，即使當我生她氣時，

[1]《赫爾曼與竇綠苔》是歌德的長詩作品。

還是會受她吸引。只有一件事情我多少是確信的，就是她不是佳金的妹妹。他不是以兄長的身分對待她，那份過度溫柔與遷就中又帶點勉強。

有樁不尋常的事件顯然證實了我的猜疑。

有一回傍晚，我走近佳金兄妹住的葡萄園，發現籬笆門上了鎖。我沒有猶豫太久，便走到早先已經留意到有處柵欄損壞的地方，跳了過去。離那個地方不遠的小路旁有座洋槐木搭成的小涼亭，我正經過亭子時……阿霞的聲音使我吃了一驚，她情緒激動地哭著說：

「不，除了你以外，我不想愛任何人，不，不，我只要愛你一個——一生一世。」

「夠了，阿霞，鎮靜下來。」佳金說道。「妳知道我相信妳。」

他們的聲音自亭子裡傳來。我可以透過稀疏的枝椏看見他們兩人，他們沒有發覺我。

「你，只愛你一個。」她重複，上前抱住他的脖子，嚎啕大哭，開始親吻他，並緊貼著他的胸膛。

「好了，好了。」他安慰她，伸手輕輕地撫摸她的頭髮。

有一瞬間我待在原地靜止不動……接著猛地回神。「要現身嗎？……萬萬不可！」

我腦海中掠過這個念頭，於是快步返回柵欄邊，跳過缺口回到路上，幾乎飛奔著回家。我臉帶微笑，不停摩挲雙手，為這突如其來證實了我先前臆測的事件感到意外（我對自己的判斷不曾有過絲毫懷疑），同時內心卻覺得痛苦。「唉呀，」我自忖。「他們真會假裝！但是為什麼呢？何必這樣愚弄我？我沒料到他會這麼做……那段深情的告白又是怎麼回事？」

7

我睡得不安穩，第二天早早起床，將登山背包繫在背後，告訴房東太太，請她晚上不必等門，隨後出發步行進山裡，順著通過Z城的河流往上走。就地質學觀點來說，這些由人稱「狗背」的主山脈延伸而出的層層山巒很有意思，尤其是它們排列規律又純粹的玄武岩層，不過我沒有心思進行地質考究。我不明白自己內心到底怎麼回事，只清楚一件事：我不想見到佳金兄妹。我讓自己相信我突然對他們沒有好感的唯一原因是因為他們弄虛作假。誰要他們謊稱是兄妹呢？話說回來，我要竭力避免想到他們。我不疾不徐地在山林河谷中遊蕩，在鄉村的小飯館中閒坐，友好地和老闆以及客人們談天說地，或是躺在曬得暖烘烘的平滑石板上，凝望雲層冉冉飄動。所幸天氣好得不得了。我就這樣過了三天，雖然心頭偶爾發疼，但也不無樂趣。我思緒的起伏恰巧與當地恬靜的自然景色相互呼應。

我將整個人沉浸在這偶然的機緣和紛至沓來的各種印象，它們悠然地笑著，流淌過我的心上，最後留下一股錯綜的感受，攙雜了我這三天來看見、感覺和聽見的一切，包括林中淡薄的樹脂氣味、啄木鳥的叫聲與敲打聲、清澈的小溪同沙底河床中五彩繽紛的鱒魚滔滔不絕的閒聊、山巒那不甚別出心裁的輪廓、陰鬱的峭壁，還有整潔的小村莊和令人肅然起敬的老教堂與古木、草地上的鸛鳥、愜意的磨坊和快速轉動的輪子、村民們和善的臉龐、他們的藍色坎肩與灰色長襪，以及嘎吱作響、行走緩慢、前頭套著肥胖馬兒或牛隻的貨車、清爽道路上蓄長髮的年輕朝聖者、道路兩旁的蘋果樹與梨樹……

時到如今，我還是樂於回想當時蒐集的種種印象。我要向你致敬，德國土地上那不起眼的角落，以及那裡單純的富足，還有勤奮的雙手，以及從容又耐心的勞動處處留下的痕跡……向你致敬，並願上天賜你和平！

我在第三天將盡時回到家。我忘記提到，出於對佳金兄妹的懊惱，我試著在腦海中重新喚醒狠心寡婦的形象，卻都徒勞無功。我記得，每當我準備幻想她時，便看見一位約莫五歲的農家小女孩，她有張好奇、圓潤的小臉蛋和一雙純真的凸眼睛，如此稚氣又天真地望著我……她純潔的目光使我感到羞愧，我不想在她面前撒謊，於是立刻與自己以往傾慕的對象一刀兩斷。

我在家裡看見佳金留的紙條。他為我突如其來的決定感到意外，責怪我為何不帶他一起去，並請我回來之後立刻去找他們。我心懷不滿地讀了這張紙條，不過第二天還是前去L城。

8

佳金友善地迎接我，並不停地好聲責備我；阿霞一見到我，故意毫無來由地放聲大笑，接著跟往常一樣立刻跑開。佳金感到不好意思，對著她的背影喃喃地說她是個瘋狂的丫頭，請我原諒她。老實說，當時我對她感到相當懊惱，我原本已經情緒不佳，卻又聽到那虛偽的笑聲，看到她忸怩作態的樣子。不過，我佯裝若無其事，向佳金敘述我短短旅程中所聞所見的細節，他則告訴我當我不在時他做了些什麼。然而我們的談話並不順利，因為阿霞不停地進出房間，最後我聲稱另有要事，必須告辭了。佳金起初挽留我，接著專注地凝視我，提議送我回家。在前廳時，阿霞突然朝我走近，向我遞出手，我輕輕地握了握她的指尖，朝她略微點一點頭。佳金和我一起渡過萊茵河，經過我最愛的白蠟樹和聖母像時，我們在長凳上坐下，欣賞風景。那時我和他之間有了一番懇切的交談。

起先我們只是交換隻言片語，接著緘默下來，望著明亮的河水。

「請您說說看，」佳金帶著平日的微笑突然開口。「您對阿霞有什麼看法？您多半覺得她有些古怪，是吧？」

「是的。」我有些納悶地回答，沒有預料他會提起她。

「要先徹底瞭解她之後，才能評斷她。」他說。「她有一顆相當善良的心，不過個性很調皮，很難跟她融洽相處，但這不能怪她，如果您知道她的身世……」

「她的身世？」我打斷他。「難道她不是您的……」

佳金瞥了我一眼。

「您難道沒想過她不是我的妹妹？……不是的，」他繼續說，對我驚惶失措的樣子視若無睹。「她確實是我的妹妹，是我父親的女兒。聽我說完。我很信任您，因此要對您開誠布公。

「我父親為人挺善良聰明，也受過良好教育，但是遭遇相當不幸。跟其他人比較起來，命運並沒有特別苛待他，只是他連第一個打擊都沒能承受住。他很早就自由戀愛結婚，他的妻子，也就是我的母親，很快便去世了，當時我六個月大。父親將我帶到鄉下，往後整整十二年不曾離開那裡。他親自擔負起教育我的責任，倘若不是他的哥哥，即我的親伯父，到鄉下拜訪我們，父親永遠也不會跟我分開。這位伯父長住在彼得堡，擔任頗重要的職位。因為父親無論如何不肯離開鄉間，因此他勸說父親將我交給他扶養。伯父向他指出，活在全然與世隔絕的環境對我這個年紀的小男孩有害無益，而且，和我父親這種老是垂頭喪氣又沉默寡言的導師在一起，我的發展肯定會較同齡的小孩緩慢，性格也會因此容易變得孤僻。父親抗拒兄長的規勸很長一段時間，最終還是讓步了。與父親分別時，我哭個不停。我很愛他，儘管我不曾見過他臉上出現笑容……但是，一抵達彼得堡，我很快便將我們那昏暗又陰鬱的老家拋到九霄雲外。我就讀於士官學校，之後從學校進入禁衛軍團。我每年回鄉下住幾個星期，每年也都發現父親比以前更悲傷、更常陷入沉思，沉靜到幾乎膽怯的地步。他天天上教堂，幾乎忘了如何開口說話。有一次我到鄉下時（當時我已經二十出頭），頭一次在家裡看見一位年約十歲，有雙黑眼珠的瘦小女孩，那就是阿霞。父親說她是個孤兒，他收養她是免得她挨餓——他就是這麼說的。我沒有特別留意她。她像隻小野獸一樣怕生、手腳敏捷又沉默，我一走進父親最鍾愛的房間——我母親便是在這房間裡去世，裡頭寬敞又昏暗，連白天都必須點上蠟燭——她會馬上躲到他的伏爾泰扶手椅或是滿架子書的書櫃後頭。很不巧，接下來的三、四年我因為受到職務牽絆，都沒有再到鄉下去。

我每個月會收到一封父親簡短的來信，他很少提到阿霞，就算有，也只是約略帶過。他已經年過五十，不過看起來還很年輕。請想像一下我的驚慌：突然間，在毫無心理準備的情況下，我接到管家來信通知我父親病危的消息，並懇求我儘快回家，如果我想見上他最後一面的話。我火速趕回家，父親還活著，不過已經奄奄一息。他見到我喜出望外，伸出清瘦的雙手抱住我，用看似徵詢，又似哀求的眼神久久地凝視我的雙眼。他要我口頭承諾實現他生前最後一個要求之後，便囑咐自己年老的貼身男僕將阿霞帶來。老僕將她領進房間，她幾乎站不穩，全身顫抖不已。

「『這就是了，』父親吃力地對我說。『我將我的女兒，也就是你的妹妹，交付給你。你可以從亞科夫那裡得知事情的來龍去脈。』他指著貼身男僕補充說道。阿霞在床邊埋首痛哭……半小時後，我父親便與世長辭。

「以下就是我後來得知的事情：阿霞是我父親和我母親以前的女僕塔吉雅娜所生的女兒。我對那位塔吉雅娜印象深刻，記得她高而勻稱的身材，一雙大眼睛和美麗端正又聰慧的臉蛋。大家覺得她高傲不可攀。我從亞科夫恭敬又保守敘述中瞭解到的是，我父親與她是在母親去世數年後在一起的。當時塔吉雅娜已經不住在大房子裡，而是跟一位已經出嫁，負責看管牛隻的姐姐住在農舍。我父親對她產生強烈的依賴，在我離開鄉村後，他甚至打算娶她，然而無論他如何苦苦哀求，她都沒有答應當他的妻子。

「『已故的塔吉雅娜．瓦希列芙娜，』亞科夫站在門邊，雙手背在身後說道。『是個事事明理的人，不希望讓您父親受委屈。我在場時聽見她這樣說：我怎麼能當您的妻子？我並不是名門閨秀。』

「塔吉雅娜甚至不願意搬進我們的房子，繼續帶著阿霞住在姐姐家裡。小時候，我只有在節日時才會在教堂看見塔吉雅娜。她繫著深色頭巾，披著黃色披肩，總是站在靠近窗邊的人群裡，端正的側臉輪廓清晰地映照在透明的玻璃上，遵照古禮低低地垂下頭，虔誠又認真地祈禱著。伯父帶我離開之後，阿霞年僅兩歲；九歲時，她失去了母親。

「塔吉雅娜一去世，父親便將阿霞領進大宅裡。在這之前，他也表示過希望將她帶在身邊，但塔吉雅娜在這件事情上也回絕了。您想像一下，當阿霞被送到老爺身邊時，她內心作何感想。直到今天，她還無法忘懷第一次有人幫她穿上絲質連衣裙並親吻她小手的那一刻。母親在世時管教她相當嚴厲，在父親身邊，她卻可以為所欲為。他是她的老師，除了他以外，她不曾見過任何人。他沒有溺愛她，也就是說，沒有將她照顧得無微不至，不過卻對她疼愛有加，從不制止她做任何事，因為心底總覺得自己愧對她。阿霞很快意識到自己是屋子裡最重要的人，也知道老爺是她的父親；不過，她同樣很快瞭解到自己缺乏名正言順的地位，因此養成極為強烈的自尊心，也不容易信賴他人，壞習慣變得根深蒂固，樸實的個性消失了。她想要全世界都忘了她的出身（有一回她自己向我坦承這一點），她既以母親為榮，又替她感到羞愧，同時因為這份羞愧而又暗自慚愧。您想必瞭解，不管從前或現在，她都知道了許多她的年紀不應該知道的事情……不過，難道這是她的錯嗎？她充滿青春活力，精力充沛，但是周遭沒有人可以引導她，因此她凡事必須自立自強！克服這樣的經歷難道很簡單嗎？她希望自己不比其他小姐遜色，於是熱切地閱讀。但是這樣做會有什麼好下場？以錯誤開始的人生只是不斷錯誤地發展下去。不過幸好她的內心沒有遭到腐化，心智也保持正常。

「就這樣，我一個二十歲的小伙子，手上多了一個十三歲的小女孩！父親剛去世的那一陣子，只要聽到我的聲音，她就會簌簌發抖，我的關愛會讓她悶悶不樂；慢慢地，一步一步地，她才適應了我的存在。之後，當她確信我真的將她當親妹妹看待，而且像親妹妹一樣疼愛她時，便對我產生強烈的依賴感，因為她的情感一向毫無保留。

「我帶她到彼得堡。即使與她分開令我十分難受，但我無論如何無法將她留在自己身邊，於是安排她進了一間最好的寄宿中學之一。阿霞瞭解我們必須分開，起初因此生了場病，差點連小命都丟了。之後她忍受慣了新環境，在寄宿學校撐了四年。出乎我預期的是，她幾乎沒有任何改變。寄宿學校的校長經常向我抱怨她。『既不能懲罰她，』她對我說。『好言好語相勸也沒用。』阿霞天資相當聰穎，學習很快，成績是最優秀的一個，不過說什麼也不肯乖乖服從，依然固執己見，個性孤僻……我無法苛責她，她的處境使得她只能選擇委曲求全，或是離經叛道。在所有女性友人當中，她只跟一位長相不漂亮、受其他人排擠的可憐女孩較為親近，其他跟她一起學習的女孩大多出身名門望族，並不喜歡阿霞，對她冷言冷語，一有機會便挖苦她，阿霞也從不忍氣吞聲。有一回聖經老師在課堂上提到罪行，阿霞大聲說道：『諂媚和膽小是最惡劣的罪行。』總之，她繼續我行我素，只在禮儀舉止上有所改善，不過進步幅度也不大。

「最後，她年滿十七歲，再也不能繼續待在寄宿學校。當時我左右為難，腦海裡突然浮現一個好主意：我可以退休，到國外一、兩年，並且帶阿霞一起去。說到做到，就這樣，我和她來到萊茵河畔，我試著專注於繪畫上，她呢……跟以往一樣，繼續調皮胡鬧。不過，我現在希望您不會太嚴厲評判她，她雖然假裝對一切都不在乎，事實上，卻很重視每個人的想法，尤其是您的。」

講到這裡，佳金又露出慣有的安靜笑容。我用力地握了握他的手。

「事情就是這樣。」佳金再度開口。「只是她那倔強的個性讓我日子並不好過。直到現在，還沒有人能夠獲得她的青睞，但是哪天她若是愛上了誰，那可就不妙了！我有時真不知道該拿她怎麼辦才好。這幾天她又異想天開，毫無來由地突然說我對她比以前冷淡，說她只愛我一個，今生今世只愛我一個……而且還放聲大哭……」

「原來是這麼回事……」我原本打算這麼說，但即時住口。

「請告訴我，」我和佳金之間已經開誠布公，因此我開口問道。「難道直到如今她都沒有喜歡過任何人嗎？她在彼得堡應該見過不少年輕人吧？」

「她根本不喜歡那些年輕人。不，阿霞需要的是一位崇拜的對象，一個特別的人，或是圖畫中山谷裡的牧羊人。不過，我談得太忘我，耽誤您的時間了。」他說完後，站了起來。

「聽著。」我開口說。「我們回到您那兒去吧，我不想回家了。」

「那您要辦的事呢？」

我沒有回答。佳金只是會心一笑。於是，我們又回到L城。看見熟悉的葡萄園和山頂上的白色小屋，我感到一股甜蜜的滋味，彷彿有人悄悄地將蜜汁倒進我的心坎。與佳金談過這番話後，我心情輕鬆了起來。

9

阿霞站在門檻上迎接我們。我預期會再次聽到她的笑聲，不過她走出來時，臉色蒼白，緘默不語，低垂著雙眼。

「他又來了。」佳金說道。「而且妳要知道，是他自己想要回來的。」

阿霞疑惑地看著我。我則向她伸出手，這回緊緊地握了握她冰冷的纖纖小手。我對她心生憐憫，現在也能夠理解許多她先前讓我疑惑不解的表現，不管是她內心的惶惑不安、舉手投足不知所措，或是想要炫耀自己，這一切我都心中了然。我直視她的心靈：她暗地裡經常受到壓抑，涉世不深的自尊心經常不安地糾結掙扎，但是她全副身心都渴求真理。我頓悟到，為何這位奇特的女孩會吸引我。她之所以吸引我，不只因為她全身上下散發的那股童真的魅力，還因為我喜歡她的心靈特質。

佳金著手翻看他的畫作。我向阿霞提議一起到葡萄園散步，她開心且幾乎是順從地立刻答應了。我們來到半山腰，坐在一片大石板上。

「您之前不想念我們嗎？」阿霞開口說道。

「那你們想念我嗎？」我反問她。

阿霞從側邊瞧了我一眼。

「是的。」她回答。「山裡很棒嗎？」她立刻接著說。「山很高嗎？比雲還高嗎？跟我說說您看見了些什麼。您有跟哥哥說，但是我什麼都沒聽見。」

「是您不留下來聽的。」我指出。

「我走開……是因為……現在我不會走開了。」她補充道，聲音裡有種信賴的溫柔。「您今天心情不好。」

「我？」

「正是您。」

「這話怎麼說……」

「我不曉得，不過您心情不好，又氣沖沖地離開。我很難過您就這樣離開，不過很高興您又回來了。」

「我也很高興我回來了。」我說。

阿霞抖了抖肩膀，就像小孩子高興時經常做的那樣。

「噢，我很能猜測別人的心思！」她繼續說。「以前我聽爸爸從隔壁傳來的咳嗽聲就能判斷他是否滿意我的表現。」

在此之前，阿霞從來不曾對我提起自己的父親，因此她的話讓我很訝異。

「您很愛您的父親嗎？」我脫口而出後，不禁懊惱起來，而且感覺自己開始臉紅。她沒有回應，臉也紅了起來。我們都住了口。遠方有艘船正冒著煙行駛在萊茵河上。我們兩人都盯著那艘船隻。

「您為何不跟我說說山裡的事？」阿霞小聲問。

「您今天看到我，為什麼要發笑？」我問她。

「我也不知道。有時我心裡想哭，卻反而笑出來。您不該……只從我的行為判斷我。唉呀，對了，那個有關羅蕾萊[1]的傳說是怎麼回事？我們可以望見的就是她的礁

---

[1]「羅蕾萊」是座位於萊茵河東岸最深最窄河段的礁石，傳說中，礁石上有位女妖「羅蕾萊」用美妙歌聲誘惑過往的船員，使他們搭乘的船隻罹難。德國詩人海涅在一八二四年創作了敘事詩《羅蕾萊》，德國作曲家弗里德里希·西爾歇爾於一八三七年為這首詩歌譜曲，使這首作品成為世代相傳的德國民歌。

石，不是嗎？聽說她以前會讓所有經過的人淹死，但是戀愛後，卻投水自殺了。我喜歡這個傳說。露易絲女士會說各式各樣的故事給我聽，她有一隻黃眼睛的貓咪……」

阿霞抬起頭，甩甩髮捲。

「啊，感覺真好。」她說。

此時，一陣單調的聲音斷斷續續傳到我們耳中。幾百個人用規律的音調同聲吟誦讚美歌，原來是一列帶著十字架和旌旗的朝聖者正通過下方的道路……

「真希望能跟他們一起去。」阿霞說著，豎起耳朵傾聽逐漸消失的聲音。

「難道您這麼虔誠嗎？」

「我想到某個遙遠的地方去，去祈禱，去完成艱鉅的任務……」她繼續說。「否則，日子一天天過去，生命終會結束，我們又做了些什麼？」

「您很有抱負。」我對她指出。「您希望不枉費這一生，能夠留下點痕跡……」

「難道不可能嗎？」

「不可能。」我幾乎脫口說出，不過，我看了看她清澈的眼睛，只是說了一句：「您可以努力看看。」

「請告訴我，」她先是沉默半晌，臉上掠過陰鬱的神情，神色變得蒼白，接著說：

「您是不是很欣賞那位女士……您記得的，就在我們認識第二天，哥哥在遺址時為她的健康乾杯的那一位？」

我笑了起來。

「您哥哥是開玩笑的，我沒有任何心儀的女士，至少現在沒有。」

「那麼，您欣賞女人的什麼特點？」阿霞仰頭問，帶著天真好奇的表情。

「多麼奇怪的問題！」我大喊。

阿霞微微發窘。

「我不應該問您這種問題，對吧？請原諒我，我一向心直口快，這也是為什麼我害怕講話。」

「看在老天的份上，有話請直說，不必害怕。」我趕緊說道。「我很高興您終於不再淘氣了。」

阿霞垂下雙眼，發出安靜又輕快的笑聲，我不曾聽過她這樣的笑聲。

「唔，那就說說看吧。」她繼續先前的話題，撫平連衣裙的裙襬，平整地蓋在腿上，彷彿打算坐上很長一段時間。「說說看，或是朗誦些什麼，例如，您記得的，您曾經為我們唸過《奧涅金》……」

她突然沉吟起來……

如今那十字架與枝椏暗影交疊
在我那可憐母親的墳上！[1]

她悄聲唸著詩句。

「普希金不是這樣寫的。」我指出。

「我想要成為塔吉亞娜。」她若有所思地說。「您繼續說嘛。」她快活地催促著我。

不過我沒有心思說話。我望著她，她全身沐浴在耀眼的陽光裡，整個人顯得安詳柔和。萬物在我們周遭上上下下的天空、土地與河水間歡欣地閃耀著，連空氣都似乎盈滿光輝。

「您瞧瞧，多麼美妙！」我說著，不由自主地壓低聲音。

[1] 引文出自普希金詩體小說《奧涅金》第八章第四十六節末兩句，但此處第二句阿霞改了一個詞，原作為：「在我那可憐奶媽的墳上！」——俄文版編注

「是啊，真美妙！」她同樣悄聲說道，沒有轉頭看我。「如果我們是鳥兒，便可以騰空而起，展翅飛翔……就這樣淹沒在那片蔚藍裡……不過，我們不是鳥兒。」

「但是我們可以長出翅膀。」我反駁。

「要怎麼做？」

「等您再大一點就知道了。世間有些情感能讓人騰空飛翔。別擔心，您會長出翅膀的。」

「您有過這種感覺嗎？」

「該怎麼說呢……我到現在好像都還沒飛翔過。」

阿霞再度陷入沉思。我朝她微微俯身。

「您會跳華爾滋嗎？」她突然問道。

「會。」我回答她，感到有些困惑。

「那來吧，來……我請哥哥為我們演奏華爾滋……我們可以想像我們長出了翅膀，正在飛翔。」

她朝屋子跑去，我跟隨在後，不一會兒功夫，我們已經隨著蘭納創作的甜蜜樂曲在狹窄的房間裡旋轉。阿霞的華爾滋跳得好極了，而且熱情洋溢。她那少女般生硬的輪廓突然散發出某種溫和的女性氣質。事後很久一段時間，我的手還保留著觸摸到她柔軟身軀的感受，聽見她在我耳邊急促的呼吸，看見頭髮迅速掠過她蒼白但生動的臉龐，還有臉上那雙烏黑、靜止，幾乎是閉闔的雙眸。

10

那一整天過得非常盡興，我們像孩童一樣嬉鬧，阿霞表現得可愛又坦率，佳金很開心地看著她。我很晚離開，划到萊茵河半途時，我請船夫讓船順流而下，老頭子收起划槳，我們便在壯闊的河面隨波逐流。我環顧周遭，側耳傾聽，腦裡回想著，心裡突然焦躁不安……我抬頭仰望天際──在穹蒼中也找不到平靜，滿天星斗的天空不停哆嗦、挪移、顫動；我俯身望著河水……不過在那裡，在那片幽暗冰冷的深底中，星星同樣徐徐擺動、顫抖。在我眼中，周遭萬物彷彿都蠢蠢不安，我內心的焦慮也不斷滋長。我雙肘支在船身邊緣……風兒在我耳邊的簌簌低語與船舷外低沉的汩汩水聲都讓我心浮氣躁，波浪清新的氣息也無法使我冷靜下來；夜鶯在岸邊啼唱起來，用甜蜜毒液般的鳥囀感染我的情緒。我眼中噙著淚水，但那不是毫無來由的激動所引發的眼淚。我當時的感受，與不久前那種包羅萬象的願望感覺不同，當時我的一顆心不斷膨脹、發出吟唱，覺得它無所不知，無所不愛……但這回不一樣！我內心燃起對幸福的強烈渴求。我還沒有勇氣賦予這種感受確切的名稱，不過幸福，滿溢的幸福——正是我所渴望、我夢寐以求的……船隻不斷隨波漂流，老船夫坐著，將頭倚在船槳上打盹。

11

第二天前去拜訪佳金兄妹時，我沒有自問是否愛上了阿霞，不過我想了很多有關她的事情。我很關心她的遭遇，也很高興我們出乎意料地親近起來。我覺得一直到昨日我才真正看清她，在這之前，她一直不肯轉身正對我。就這樣，當她終於在我面前敞開心胸，她的形象煥發出多麼醉人的光芒，對我而言多麼新奇；在那形象裡，又隱約透露出多麼神祕的魅力……

我精神奕奕地走在熟悉的路上，不斷眺望遠方那棟白色小屋，腦中絲毫沒有顧慮到明天，更別提未來。我感到心滿意足。

當我走進房間時，阿霞臉紅了起來。我發覺她又盛裝打扮，不過她的表情與服裝並不相稱，顯得很悲傷，我卻是抱著歡欣鼓舞的心情而來！我甚至覺得，她又和往常一樣打算跑走，不過最後勉強自己留了下來。佳金正處於藝術家熱切狂亂的特殊時刻，當業餘畫家們幻想自己成功地——套用他們的說法——「逮住大自然的尾巴」時，這股狂亂便會發作，毫無預警地攫住他們。他頭髮蓬亂，全身被顏料弄得髒兮兮，站在撐開的畫布前豪邁地揮筆作畫，幾乎凶狠地朝我點頭示意後，便挪遠身子，瞇縫著雙眼看看畫作，接著再度向前揮灑起來。我不想妨礙他，於是坐到阿霞身邊。她漆黑的雙眸緩緩地轉向我。

「您今天顯得跟昨天不一樣。」多次試圖讓她展露笑顏卻徒勞無功後，我向她指出。

「是，是不一樣。」她用暗啞的聲音不疾不徐地回答。「不過這不打緊……我睡得不好，整晚想東想西。」

「想些什麼？」

「唉呀，想得可多了。這是我自小養成的習慣，從我跟媽媽住在一起時便開始了……」

她吃力地說出「媽媽」這個詞，隨後又重複一次：

「當我跟媽媽住在一起時……我就想，為什麼沒有人可以預知自己將來會如何，或是有時眼看災難到來，卻無法躲避，還有，為什麼永遠不能完全坦白？……後來我心想自己什麼都不懂，因此要學習，接受再教育，因為我受過的教育很糟糕；我不會彈鋼琴，也不會畫畫，甚至連針線活都做不好。我沒有任何天分，跟我在一起肯定很乏味。」

「您對自己太不公平了。」我表示抗議。「您讀了很多書，很有教養，而且以您的聰明才智……」

「我很聰明嗎？」她帶著如此天真的好奇問道，讓我禁不住笑了起來，不過她絲毫沒有笑意。「哥哥，我很聰明嗎？」她轉而問佳金。

他沒有回應，繼續埋頭作畫，不斷換著畫筆，高高舉起執筆的手。

「有時我也不清楚自己頭腦在想些什麼。」阿霞依然若有所思地繼續說。「真的，我有時連自己都害怕。啊，我希望……女人不應該讀太多書，是真的嗎？」

「是不需要，不過……」

「請告訴我應該讀些什麼？請告訴我應該做什麼？我一定照您說的話做。」她滿懷純真的信賴對我說。

我一時語塞，不知道該如何回答。

「您跟我在一起不會感到乏味吧？」

「當然不會。」我開口應著。

「唔，謝謝！」阿霞說。「我以為您會感到乏味。」

接著她溫熱的小手緊緊地握了握我的手。

「N！」此時佳金喊道。「這個背景會不會太暗了？」

我朝他走去。阿霞起身，離開了房間。

12

她一個小時候後回來，站在門邊，用手勢示意我走近。

「聽著，」她說。「如果我死了，您會捨不得我嗎？」

「您今天盡是胡思亂想！」我大聲說。

「我想像自己很快就要死了，有時我覺得周遭的一切好像都在跟我道別。與其這樣活著，還不如死去……啊！別用這種眼神看我，我確實不是在假裝。如果您這樣想，我又會害怕您的。」

「難道您先前很怕我嗎？」

「我很古怪，不過這真的不是我的錯。」她辯白道。「您看見的，我都笑不出來了……」

一直到傍晚，她仍然一副愁眉苦臉、憂心忡忡的神情，懷著什麼我不懂的心事。

她的目光經常停留在我身上，我的心因為那奧祕的目光而悄悄地揪緊。她看起來很平靜，但是我看著她，卻總想告訴她，請她別擔心。我欣賞著她，在她蒼白的輪廓、猶豫不決又緩慢的動作中發現迷人的魅力，她卻不知怎麼地，以為我心情不好。

「聽著，」道別前不久她對我說。「您認為我很輕浮這個想法讓我很難受……以後您要相信我對您說的每一句話，條件是您也要對我開誠布公，我將會永遠對您說實話，我說真的……」

那句「說真的」又讓我笑了起來。

「唉呀，別笑。」她急忙說。「否則我也要套用您昨天對我說的話：『您為什麼要發笑？』」緘默半晌後，她又說：「您記得昨天提過翅膀這件事嗎？……我已經長出翅膀了，但卻無處可飛。」

「這是什麼話，」我說。「您面前是一片自由的天空。」

阿霞直率地盯著我的雙眼。

「您今天對我感到不滿。」她攏起眉心說道。

「我？對您不滿？！……」

「你們兩人今天怎麼垂頭喪氣的？」佳金打斷我的話。「我跟昨天一樣，再幫你們彈奏華爾滋如何？」

「不，不。」阿霞表示反對，扭絞著雙手。「今天無論如何不要跳華爾滋！」

「我不會強人所難，別激動……」

「千萬不要。」她臉色發白地再說了一次。

「難道她愛上我了嗎？」當我走近黑水翻滾的萊茵河時，腦海中這麼想著。

13

「難道她愛上我了嗎？」第二天一睜開眼睛，我又如此自問。我不想探視自己內心的想法。我感覺到她的形象，那「笑聲做作的少女」形象已經嵌進我的心坎裡，短時間內是不可能擺脫的。我到L城去，在那裡待了一整天，不過只匆匆見到阿霞一眼。她身體不適，感到頭痛，期間只下樓很短暫的時間，額頭上綁著繃帶，臉色蒼白，身形瘦削，幾乎閉著雙眼，虛弱地笑著說：「會好起來的，不要緊，會好起來的，不是嗎？」接著便回房去了。我感到無趣，也有點哀傷、空虛，不過我待了許久，不肯離開，直到很晚才回家，卻沒能再見到她。

第二天在某種半夢半醒狀態中度過。我想工作，卻辦不到；想什麼都不做，放空腦袋……卻也辦不到。我在城裡遊蕩，回到家後，又再度出門。

「您是N先生嗎？」我身後忽然響起孩童的聲音。我回頭望，在我面前站著一位小男孩。「這是『安娜』[1]小姐要交給您的。」他將字條交給我時說。

我打開紙條，認出阿霞潦草又匆促的筆跡。「我一定要見您一面，」她如此寫道。「今天四點鐘時，請到遺址附近路旁的那座石造小教堂。今天我粗心大意犯了一個錯……看在老天的份上，請務必要到，您會知道詳情的……請對信差說：好的。」

「有口信嗎？」小男孩問我。

「請回覆：好的。」我回答他。

小男孩跑走了。

[1] 原文用德文「Annette」。

14

我回到房間坐下來，陷入沉思。心臟劇烈地跳動著，反覆讀了好幾遍阿霞的字條。我看看時間，還不到十二點。

房門打開，佳金走了進來。

他看起來心事重重。抓起我的手緊緊握著，似乎激動不已。

「您怎麼了？」我問。

佳金拿來一把椅子，在我對面坐下。

「三天以前，」他勉強擠出笑容，說話吞吞吐吐。「我對您說了一個讓您驚訝的故事，今天則再說一件讓您更訝異的事。換作是別人，我應該不會下定決心……這麼直接……不過您是個高尚的人，您是我的朋友，不是嗎？聽著，我的妹妹阿霞愛上您了。」

我顫抖了一下，微微起身……

「您的妹妹，您說……」

「是的，是的。」佳金打斷我。「我可以告訴您，她是個瘋狂的女孩，也會把我逼瘋的，不過幸運的是她不善於說謊，而且很信任我。那個女孩擁有一顆多麼善良的心啊……不過她會毀了自己，這是毋庸置疑的。」

「您一定是搞錯了。」我剛開口說。

「不，我沒有搞錯。昨天，您知道的，她幾乎整天躺在床上，沒有進食，但沒有抱怨……她從來不抱怨。雖然近傍晚時她稍微發了點高燒，不過我並不在意。今天凌晨兩點鐘，我們的房東太太叫醒我，對我說：『去看看您的妹妹吧，她情況不太好。』我跑到阿霞的房間，發現她沒有脫下衣服，身子忽冷忽熱，淚流滿面，額頭發燙，牙齒不停打顫。『妳怎麼了？』我問。『妳病了嗎？』她抱住我的脖子，開口要求我儘快帶她離開此地，如果我不希望她死去的話……我茫然沒有頭緒，只好盡力安撫她……她愈哭愈傷心……突然間，在她的嗚咽聲中，我聽見……唔，總之，我聽見她說愛您。您要相信，您和我這種理性的人根本無法想像她的情感有多深刻，而且那些情感將以何種難以置信的力量在她內心產生作用，它們會以狂風暴雨般的力量突然席捲她。您是個很好的人，」佳金繼續說。「可是為什麼她愛您如此之深，這一點，必須承認，我並不瞭解。她說自己對您一見鍾情，這也是為什麼她前幾天會一面哭泣，一面信誓旦旦對我保證除了我以外，她誰也不想愛。她腦海裡想像您瞧不起她，以為您肯定知道她的出身。她問我是否告訴過您她的身世，我當然矢口否認，不過她的敏銳度高得驚人。如今她只有一個願望：離開這裡，而且刻不容緩。我在她房裡待到天亮，她要我親口保證明天我們一定離開之後才肯入睡。我左思右想，決定與您談一談。依我看來，阿霞是對的，最好的決定是我們兩人離開這裡。我原本今天就會帶她走的，若不是我腦中浮現的念頭阻止了我。或許……誰知道呢？您喜歡我的妹妹嗎？如果是的話，我何必帶她離開呢？因此我鼓起勇氣將難為情擺到一邊……何況，我自己也觀察到一些……我鼓起勇氣……想問您……」可憐的佳金困窘不已。「請原諒我，」他補充道。「我不習慣處理這種棘手的事。」

我抓住他的手。

「您想要知道，」我用堅定的語氣說。「我是否喜歡您的妹妹？是的，我喜歡她……」

佳金瞥了我一眼。

「不過，」他支支吾吾地說。「您不打算娶她吧？」

「您期望我怎麼回答這個問題？您自己評評理，我現在是否可能……」

「我知道，我知道。」佳金打岔。「我沒有權利要求您答覆我，我的問題也太不成體統了……不過我能怎麼辦呢？萬萬不可玩火啊。您不瞭解阿霞，她有可能會病倒、逃離這裡、約您見面……其他女孩能夠不動聲色，耐心等待，但她不是這樣的人。這是她的初戀，真是不幸！倘若您看見她今天在我腳邊哭泣的樣子，您就會理解我的憂慮。」

我沉吟起來。佳金提到「約您見面」正中我的心事。我覺得不據實相告回報他誠實的坦白就太可恥了。

「是的。」我終於開口。「您說得沒錯。一個鐘頭之前，我收到您妹妹捎給我的一張字條。在這裡。」

佳金接過紙條，快速掃視內容後，雙手頹然落在膝頭上。

他臉上訝異的神情相當滑稽，不過我沒有興致發笑。

「我再說一次，您是位高尚的人。」他說。「但現在該怎麼辦呢？怎麼辦？她自己想要離開，卻又寫信給您，還責備自己粗心大意……她又是幾時來得及寫了這張紙條？她想從您這兒得到什麼呢？」

我安撫他，接著我們盡可能冷靜地商量對策。

最後我們終於達成共識：為了避免發生不幸，我應該赴約，並誠實地與阿霞懇談一番；佳金必須待在家裡，不能洩露他得知紙條這件事情；傍晚時，我們應該再見一次面。

「我完全指望您了。」佳金說，並緊緊握了握我的手。「請對她和我都仁慈一些。明天我們還是會離開此地，」他起身時加了一句。「因為您並不打算娶阿霞。」

「請寬限我到晚上吧。」我表示反對。

「可以，不過您不會娶她的。」

他離開了，我則跌坐沙發上，閉上眼睛，因為腦海裡一下子湧進太多思緒而頭暈目眩。佳金的率直讓我懊惱，阿霞也讓我懊惱，她的愛讓我欣喜又難為情。我無法明瞭是什麼原因促使她向兄長招認一切。必須當機立斷的情況折磨著我……

「娶一位她這種性格的十七歲姑娘，怎麼可能！」我起身時說道。

15

我在事先約定的時辰渡過萊茵河。在對岸迎接我的第一個人便是今早到我住處的小男孩，他顯然是在等候我。

「這是安娜小姐給您的。」他小聲說，並遞給我另外一張字條。阿霞通知更改會面的地點。一個半鐘頭後，我要前往的地點不是小教堂，而是露易絲女士的住處。我必須先在樓下敲門，之後上到三樓。

「一樣回答『好的』嗎？」小男孩問我。

「好的。」我回覆後，沿著萊茵河畔往前走。

回家一趟時間不夠充裕，我又不想在街上遊蕩。城牆外面有座小花園，裡頭有搭著棚子的保齡球道和給啤酒愛好者的桌子。我走進去，幾位上了年紀的德國人正在玩保齡球[1]，木球發出撞擊聲後向前滾，偶爾有人喝采幾聲。漂亮的女服務生帶著哭紅的雙眼為我端來一杯啤酒。我瞥了一眼她的臉，她迅速轉身離開。

「是啊。」坐在一旁的男人立刻說道。他體態臃腫，兩個臉頰紅通通。「我們的韓琴[2]姑娘今天很傷心，她的未婚夫要從軍去了。」

我看著她。她蜷縮在角落裡，一隻手托著腮幫，淚珠子不斷沿著她的手指滑落。有人點了啤酒，她端了杯過去後，又回到自己的位子上。我也受到她難過的情緒感染，開始掛念起眼前的約會，不過我的思緒既不安又鬱悶。我不是帶著輕快的心情去赴約的，我要面對的不是彼此傾吐愛意的喜悅；我要做的是信守承諾，完成艱鉅的任務。「萬萬不可玩火。」佳金這句話宛如弓箭般扎進我的心裡。但三天之前，在那艘船上，我不是才充滿對幸福的渴望？如今願望有可能實現，我卻猶豫不決、不停抗拒，不得不將它遠遠推開……這突如其來的可能讓我不知所措。阿霞本人，她冒失的性格、她

[1] 這裡原文指「九柱戲」（kegel），源自德國的一種傳統遊戲，玩者丟球滾撞九個木柱，是現代（十瓶制）保齡球的前身。——編注

[2] 韓琴（Hannchen），是「安娜」的德文暱稱。——俄文版編注

的過去，還有她所受的教育，這個迷人但奇特的女孩——我必須承認，她讓我感到害怕。我內心的情感幾經掙扎。約定的時間愈來愈近。「我無法娶她。」我終於下定決心。「也不會讓她知道我也愛上了她。」

我站了起來，將一枚塔勒[1]放進可憐的韓琴手上（她甚至沒有跟我道謝），前往露易絲女士的住家。薄暮的陰影已經在空氣中浮現，漆黑的街道上可以望見一道反射出夕照紅光的狹長天際。我輕輕地敲了敲門，門立刻打了開來。我跨過門檻，置身一片黑暗中。

「往這兒走！」我聽見一位老婦人的聲音。「有人在等您。」

我摸黑往前跨了兩步，有隻瘦骨嶙峋的手抓住我的手。

「是您嗎，露易絲女士？」我問道。

「是我。」同樣的聲音回答。「是我，我漂亮的年輕人。」

老婦人領我沿著陡峭的樓梯往上走，在三樓樓梯的平台上停下腳步。藉著小窗戶透進來的微弱光線，我看見市長遺孀皺紋滿布的臉。她下陷的雙唇拉出一抹甜膩、狡

---

[1] 塔勒（thaler），德國舊幣。

獪的微笑，混濁的小眼睛瞇縫著。她對我指出一扇小門。我用顫抖的手打開門，砰地一聲在我身後關上它。

16

我走進的那個小房間頗為黑暗，因此沒能立即看見阿霞。她裹著長長的披肩坐在窗戶邊的椅子上，別過身子，幾乎將頭埋了起來，彷彿一隻受驚的小鳥。她呼吸急促，全身打著哆嗦。我對她產生無限的憐惜之情。我走近她，她將身子別得更遠……

「安娜．尼古拉耶芙娜[1]。」我說道。

她突然挺直身子，想要看我一眼，卻辦不到。我拉起她的手。她的手很冰冷，彷彿失去生氣般躺在我的掌心裡。

「我是想要……」她開口，試圖擠出一絲微笑，但是蒼白的嘴唇不聽使喚。「我打算……不，我辦不到。」她說完後便住了口。事實上，她每說出一個字都不得不停

[1] 安娜．尼古拉耶芙娜為阿霞的正式名字與父名。

頓下來。

我在她身旁坐下。

「安娜．尼古拉耶芙娜。」我再叫她一次，也無力多說些什麼。接著是一片沉默。我繼續握著她的手，盯著她看。她仍然緊縮著身子，呼吸困難，輕輕咬住下唇，以免放聲大哭，或是讓眼裡噙著的淚水落下來……我望著她，她那羞怯靜候的模樣有種令人感動又無助的感覺，彷彿她因為筋疲力竭，勉強走到椅子邊，跌落上頭。我一顆心融化了……

「阿霞。」我的聲音小得幾乎聽不見。

她緩緩地抬眼看我……噢，有誰能夠用筆墨形容熱戀中女人的眼神？那雙眼眸滿是祈求，充滿信賴、疑問、屈服……我無法抗拒它們的魅力，一道細微的火焰宛如熾熱的尖針掠過我的身體，我俯身深深親吻她的手……

我聽見間歇嘆息般的顫抖聲，感覺一隻哆嗦的手如落葉般輕觸我的頭髮。我抬起頭，看見她的臉龐。那張臉霎時改變了面容！驚恐的神情消失了，目光遙望遠方，牽引著我同行；朱唇輕啟，額頭蒼白得宛如大理石，髮捲彷彿被風吹拂似地向後披著。我渾然忘我，將她拉近。她的手順從地依循我的動作，整個身體也隨之貼近，披肩自肩膀滑落，她的頭靜靜地貼上我的胸膛，靠上我火熱的雙唇……

「我屬於您……」她輕聲細語。

我的手已經在她身上游移……猛然間，我想起佳金，頓時醒悟過來。

「我們在做什麼？」我嚷著，趕緊向後退開。「您哥哥……他知道這一切……他知道我會跟您見面。」

阿霞跌落椅子上。

「是的。」我繼續說，站了起來，走到房間另一個角落。「您哥哥知道這一切……我不得不告訴他。」

「不得不？」她含糊不清地說，顯然尚未回過神來，還不明瞭我話語中的含意。

「是的，是的。」我殘酷地重複道。「而這是您自己的錯，是您的過錯。您為何要洩漏自己的祕密？是誰強迫您向哥哥招認一切？他今天親自來找我，向我轉述了你們之間的談話。」我竭力避免看阿霞，在房裡大步踩來踩去。「如今一切都完了。一切一切都完了。」

阿霞打算從椅子上站起來。

「別起來。」我喊道。「求您別起來。您面前是一位誠實的人。是的，是個正人君子。不過，看在老天爺的份上，是什麼讓您如此心煩意亂？難道您察覺到我內心有任何變化嗎？當您的兄長今天來找我時，我無法對他隱瞞真相。」

「我到底在說什麼？」我心裡想。我是個無恥的騙子，佳金知道我們會面的事情，整件事情都遭到誤解、戳穿，以上種種想法在我腦裡嗡嗡作響。

「我沒有請人去喚我哥哥。」我聽見阿霞驚惶的喃喃低語。「是他自己來找我的。」

「您看看您做了什麼好事。」我繼續說。「現在您想要離開……」

「是的，我必須離開。」她同樣小聲地說。「我請您到這裡來，只是為了跟您道別。」

「而您以為，」我反駁她。「跟您道別對我來說很容易嗎？」

「但是您為何要告訴哥哥我們會面的事情？」阿霞不解地重複道。

「我跟您說了，我別無選擇。如果您自己沒有先洩漏心事……」

「我鎖在自己房裡。」她率直地辯駁。「我並不知道房東太太還有另外一副鑰匙……」

當時，在那個時刻，從她嘴裡吐出的天真歉意幾乎讓我火冒三丈……現在每當我回想起她說的話，總是禁不住一陣感動。那個令人同情、厚道又真誠的孩子！

「現在一切都完了！」我又繼續先前的話題。「都完了。現在我們不得不分開了。」我偷偷覷了阿霞一眼……她立刻滿臉通紅。我感覺得到她既羞愧又驚恐，我自己則彷彿得了熱病般走來走去，不停說話。「您沒有讓這份醞釀中的感情得以充分發展，您自己扯斷了我們的連繫。您不信任我，懷疑我……」

當我滔滔不絕時，阿霞不斷向前傾，接著猛然間雙膝跪地，將頭埋在雙手之間痛哭了起來。我跑向她，試圖扶她起來，不過她拒絕我的攙扶。我無法忍受女人哭泣，一見到女人的淚水我便不知所措。

「安娜．尼古拉耶芙娜。阿霞。」我不停說道。「懇求您，看在老天爺的份上，請別這樣……」我再度拉起她的手。

不過，出乎我的意料，她倏地一躍而起，如閃電般快速朝門口衝去，消失了蹤影……

當露易絲女士幾分鐘後走進房裡時，我還彷彿遭到雷擊般楞在房間中央。我無法理解，這場會面怎麼會以如此迅速又愚蠢的方式結束——就這樣結束了，在我連百分之一想說、該說的話都還沒說完之前，在我自己都不知道會面將如何結束之前……

「小姐已經離開了？」露易絲女士問道，高高挑起黃色的眉毛直到假髮的下緣。

我像個傻瓜似地望了她一眼之後便走出去。

17

我離開城市，一路直抵原野。懊惱，瘋狂的懊惱吞噬著我。我不停地責備自己。我怎麼會想不透迫使阿霞改變我們相會地點的苦衷？怎麼會沒有意識到她去找那位老婦人需要鼓起多大的勇氣？為何我沒有留住她！與她在那個僻靜、幾乎昏暗的房間裡獨處時，我有足夠的力量與勇氣回絕她，甚至出言責備她。現在我卻無法擺脫她的形影，不停請求她的原諒；那張蒼白的面孔，那雙含淚、膽怯的雙眼，那散亂的頭髮，還有她的頭輕輕靠在我胸膛上的觸感，這些回憶燃燒著我。「我屬於您……」我聽見她輕聲的呢喃。「我行事問心無愧。」我如此說服自己……這不是真話！難道我希望事情如此結束嗎？難道我有辦法與她分開嗎？難道我能失去她嗎？「瘋子！瘋子！」我惱怒地重複道……

此時夜幕降臨。我大步朝阿霞住的地方走去。

18

佳金出門迎接我。

「您見到我妹妹了嗎？」他老遠便大聲問道。

「難道她不在家嗎？」我反問。

「不在。」

「她沒有回來？」

「沒有。是我不好。」佳金繼續說。「我按捺不住，沒有遵守我們的約定，跑到小教堂去了。她不在那裡。所以說，她沒有赴約嗎？」

「她沒有去小教堂。」

「所以您沒有見到她？」

我必須承認我有見到她。

「在哪裡？」

「在露易絲女士的住處。我跟她大約一個鐘頭前分手的。」我說道。「我當時以為她回家了。」

「我們等等吧。」佳金提議。

我們進到屋裡，並肩坐下。兩人都沉默不語，心裡難受，不住回頭張望門口，豎耳傾聽。最後佳金站了起來。

「這太不尋常了！」他嚷道。「我放不下心。她會讓我擔心死的，真的……我們去找她吧。」

我們走出屋外。天色已經完全暗了下來。

「您和她說了些什麼？」佳金壓低帽子時問我。

「我只見了她五分鐘左右。」我回答他。「告訴她我們商量好的內容。」

「這樣吧，」他說。「我們最好分頭去找，比較有機會找到她。無論如何，一個鐘頭後回到這裡碰面。」

19

我迅速自葡萄園飛奔而下，朝城裡去。我很快地跑遍大街小巷，探視每一個角落，連露易絲女士的窗戶都沒放過，接著回到萊茵河畔，沿著岸邊奔跑……我偶爾見到女性的身影，不過四處都沒看見阿霞。啃噬我的已經不是懊惱，內心的恐懼折磨著我，不過，我感覺到的不僅僅是恐懼……不，我還感覺到遺憾、強烈的懊悔，以及愛情。沒錯！最溫柔的愛情。我絞著雙手，在聚攏的昏暗夜色中呼喚阿霞的名字，起先小聲地喚著，接著愈來愈大聲。我重複不下百次我愛她，發誓永遠不跟她分開。我願意付出世上的一切，只求再次握著她冰冷的手，再次聽到她輕柔的聲音，再次看見她站在我面前……她曾經近在咫尺，她帶著十足的決心來找我，懷著誠摯與純真的情感，對我獻上純潔的青春……我卻沒有將她擁入自己的懷裡，原本可以看見她可愛臉龐煥發喜悅與靜謐的歡欣，我卻自己放棄了這無比幸福的機會……這個念頭幾乎使我發狂。

「她有可能上哪兒去？她會做出什麼傻事？」因為無力又絕望而意志消沉的我如此大喊……突然間，岸邊隱約出現一個白色的影子。我知道那個地方，在那裡有座約七十年前投水自盡者的墳墓，墓地上有尊泰半埋入地底的石製十字架，上頭刻著古老的碑銘。我的心瞬間停止跳動……我跑近十字架，白色的形影消失了。我大喊：「阿霞！」狂野的呼喊使我自己嚇了一跳，不過沒有人回應……

我決定回頭去看看佳金是否找到她了。

20

沿著葡萄園的小徑快步往上走時，我看見了阿霞房間裡的燈光……心裡因此安心了些。

我走近屋子，底下的門鎖著，我敲敲門。樓下沒有透出燈光的一扇小窗戶小心翼翼地打了開來，佳金探出頭。

「找到她了嗎？」我問他。

「她回來了。」他悄聲地回答我。「她在自己房裡，正在換衣服。沒事了。」

「感謝老天！」我嚷道，心中的喜悅難以形容。「感謝老天！一切都會很美好的。不過我們還要談一談，您是曉得的。」

「改天吧。」他說道，輕輕地將窗戶拉上。「改天吧，現在先再會了。」

「明天見。」我說。「明天一切事情都會解決的。」

「再會。」佳金再次說道。窗戶關上了。

我差點就要伸手敲窗戶。我想要當下就告訴佳金我要向她妹妹求婚。不過，這種時候提這件事……「明天見。」我暗自說道。「明天我將成為幸福的人……」

明天我將成為幸福的人！然而，幸福沒有明天，也沒有昨天，它不惦念過去，也不想望未來，它擁有的只是現在——而且不是以日計算，是瞬間。

我不記得自己如何回到Z城。領著我的不是雙腿，帶我渡河的不是船隻，將我騰空抬起的是一對寬大又強而有力的翅膀。我經過夜鶯啼唱的樹叢，停下腳步，久久聆聽著，感覺牠彷彿在歌頌我的愛情與幸福。

21

第二天早晨，當我接近熟悉的小屋時，眼前的景況讓我感到很訝異：屋子的每一扇窗和門都敞開著，門檻前方散落著一些紙張，門後可以見到提著掃帚的女傭人。

我朝她走近……

「他們離開了！」我還來不及開口問她佳金是否在家時，她已經大聲說道。

「離開了？……」我重複。「怎麼會離開了？上哪兒去了？」

「今天早上六點鐘離開的，沒有說要上哪去。等等，您是N先生吧？」

「我是N先生。」

「房東太太那兒有一封給您的信。」女傭人到樓上去，帶著一封信回來。「這是給您的。」

「不可能……怎麼會這樣？……」我開口說道。

女傭木然地望了我一眼，繼續打掃。

我打開信件。信是佳金寫給我的，阿霞沒有留下隻字片語。他開頭先請我不要為了他們突然離去而生他的氣，他相信經過深思熟慮之後，我會贊同他的決定。要擺脫這可能變得令人為難又危險的情況，他實在別無他法。「昨天晚上，」他寫道。「當我們兩人默默地等待阿霞時，我終於確信非離開不可。有些成見是我尊重的，我瞭解您無法娶阿霞為妻。她對我坦承了一切，為了她的平靜，我不得不屈服於她再三的懇求。」信的最後，他對我們的相識如此短暫表達遺憾，並祝我幸福，向我致意之外，也請我不要試圖尋找他們。

「什麼成見？」我大聲嚷著，彷彿他能聽見我的吶喊。「真是胡說八道！誰給他權利將她從我身邊偷走……」我雙手抱頭……

女傭張口大聲呼喊房東太太，她的驚叫讓我清醒了過來。我腦海裡只有一個想法：找到他們，無論如何要找到他們。要接受這個打擊，甘心於這樣的結局是不可能的。我從房東太太口中打聽到，他們是清晨六點搭上輪船，朝萊茵河下游航行。我前往售票處，那裡的人告訴我他們買了到科隆的票。我回家去，打算立刻收拾行李，跟隨他們航行的路線。途經露易絲女士的屋子時，我突然聽見有人在喊我，我抬頭張望，在前一天與阿霞見面的房間窗口看見市長的遺孀，她臉上正掛著那令人厭惡的笑容出聲喊我。我轉過身，打算走開，不過她在我背後高喊有東西要交給我，這句話使我停下腳步，走進她的屋子。當我再度看見那房間時，心中真是百感交集……

「真要說起來，」老婦人像我展示一張小字條時說。「除非您主動來找我，我才能把這張紙條交給您，不過您是這麼漂亮的一個年輕人。拿去吧。」

我接過紙條。

小紙片上用鉛筆倉促寫就的內容如下：

「別了，我們再也不會見面了。我離開不是出於驕傲，不是的，而是我別無選擇。昨天，當我在您面前哭泣時，如果您能對我說句話，只要那麼一句就好，我就會留下來的。不過您什麼都沒有說。顯然這樣是比較好的結局……永別了！」

一句話……噢，我是瘋子！那句話……我曾經在前一天淚流滿面地重複無數次，我把它揮霍在風中，在空曠的原野間不斷訴說……不過卻沒有告訴她，沒有對她說我愛她……當時我也說不出口。當我和她在那間要命的房間裡見面時，還沒清楚意識到我對她的愛，即使當我和她哥哥在一片無意義又難受的沉默中並肩而坐時，這份愛情也沒有甦醒……直到稍後錯失幸福的可能讓我感到害怕，當我開始尋找並呼喚她時，這份情感才勢不可當地迸發而出……只是為時已晚。「這是不可能的！」或許人們會這樣對我說。我不知道這樣的事情是否有可能，我只知道這是事實。如果阿霞有絲毫賣弄風情的心思或她面對的處境不是如此難堪，她是不會離開的。她無法忍受其他人可以隱忍的委屈，當時我並不明瞭這一點。當我最後一次在黑暗的窗口見到佳金時，我心中的邪魔阻止我告白心意，就這樣，我原本還能抓住的最後一絲希望便從我手中溜走了。

同一天我帶著收拾好的皮箱回到Ｌ城，搭船前往科隆。我記得，當船離開岸邊，我在心裡和這些街道，以及所有我再也無法忘懷的地方道別時，我看見了韓琴。她坐在河畔的長凳上，臉色蒼白，但並不憂傷；一位瀟灑的年輕人站在她身邊，面帶笑容對她說著什麼。而在對面的萊茵河畔，我的小聖母像依然自老白蠟樹的濃蔭下憂傷地朝外張望。

22

在科隆我發現佳金兄妹的蹤跡，得知他們去了倫敦，於是隨後趕去。不過我在倫敦尋尋覓覓，卻都徒然無功。很長一段時間，我不願意妥協，依然鍥而不捨地尋找，不過最終不得不放棄找到他們的希望。

就這樣，我再也不曾見到他們——再也不曾見到阿霞。有關佳金的模糊傳言曾經輾轉傳到我耳裡，不過她卻永遠在我的生命中消失了，我甚至不知道她是否依然健在。有一回，事過境遷數年之後，在國外一節火車車廂裡，我在匆忙中瞥見一位女人，她的臉龐生動地勾起我對那張永生難忘面孔的回憶……不過我顯然是被巧合的相似愚弄了。在我的記憶中，阿霞永遠是我生命最美好的一段時光中所認識的那位少女，是那位最後一次見面時，低頭伏在矮木椅背上的那個女孩。

然而，我必須坦承自己並沒有為她傷心太久，甚至發現命運做了絕佳的安排，沒有讓我和阿霞結為連理。有這樣的妻子，我多半不會幸福——我用這個想法安慰自己。我當時少不更事，因此未來，那短暫、稍縱即逝的未來，在我看來似乎永無止盡。我自忖：難道舊事不能重演，而且比前一回更理想，更美好？……我曾經與許多女人有過親近的交往，不過阿霞在我內心激起的那股熾熱、溫柔又深切的情感卻不曾再現。不，沒有任何一雙眼可以取代那雙曾經含情脈脈凝望著我的眼眸；我的內心再也不曾以如此歡欣甜蜜的苦痛回應任何貼近我胸膛的心！我注定只能當個孤苦伶仃的單身漢，消磨百無聊賴的歲月，不過我還宛如珍藏聖物般收著她的字條和乾燥的天竺葵花，就是那朵她自窗戶拋給我的小花。時至今日，它仍然散發著淡淡的芬芳，而那隻將花朵贈給我的手，那隻我只有一次機會親吻的手或許早已在墓中腐朽……而我自己——我又成了什麼模樣呢？我以往的自己、以往那些幸福無比又騷動不安的日子，那些自由奔放的希望和抱負又留下了什麼？就這樣，一朵不起眼小花散發的清香比一個人所有的歡喜和憂愁更恆久——甚至比人本身還要恆久。

屠格涅夫，1844 年，拉米（V. Lami）繪，油畫裡的屠格涅夫與〈阿霞〉小說中的男主角形象有諸多相似，此時他已從柏林留學回國，經歷了非婚生女，迷戀上法國歌唱家波琳娜．維亞爾多，顯現出見過世面後的自信。

【導讀】初戀——文學的與人生的

文／楊澤

A

丘光給了我一份功課，要我談談屠格涅夫和他的《初戀》，因為他知道，我在青春時代幾乎通讀了，我在小城能找到的屠格涅夫小說。

丘光讓我看了龍瑛宗發表於四零年代的舊作，寫他和屠格涅夫《初戀》的一段淵源。龍瑛宗提到，他在二戰後，很慎重地保存了十幾年《初戀》的日譯本，並且說，是屠格涅夫，也是《初戀》，引導他在戰前走上文學之路。

我感到幾分榮幸，因為屠格涅夫也是我的文學初戀。但是，很不好意思，後來我讀到更對胃口的芥川龍之介，就一步步地把他拋棄了，雖然大學時代的小說課，王文興老師曾帶著我們，從頭到尾，細讀了英譯本的《父與子》，直到今天，《初戀》和《父與子》也還是我難以忘懷的舊愛。

B

我仍記得，屠格涅夫用細筆勾勒的眾多女主角的形象，當初只覺得，順著敘述者的眼光看過去，她們是那麼美麗迷人，且比男人勇敢堅強了好幾倍。後來才知道，這是屠格涅夫沿襲自普希金《尤金．奧涅金》的筆法。但也還有一些不能解釋的什麼。

在文章中，龍瑛宗再次拜倒在屠格涅夫散發的憂悒氣質與魅力底下，特別引用了日譯者生田春月的說法：

戀愛這一個字，對伊凡．屠格涅夫來說，或許是最傷痛的字之一吧。夢想與現實之間的矛盾，性格與境遇之間的關係，所有存在的不如意與絕望，人生所有的不湊巧等，沒有人比屠格涅夫更能將其描繪得那麼好。

C

文學初戀，如同人生初戀，來自一種青春的熱病，套用昆德拉的說法，也就是，「缺乏經驗」和「渴望絕對」之間的巨大落差。

今天想起身上穿著中學制服的那些日子，不覺莞爾。南部烈陽下，映照出的卻是，一個面有土色的慘綠少年。

漫漫的中學時代，在大考小考的壓力中求生存，青春期的腦袋瓜下，唯一輝煌的似乎只有，那些陷入不同激情的俄羅斯少女及女人，她們多音節的神奇名字與魅惑人的形象。昆德拉借用韓波的詩句，寫出小說《生活在他方》，探索青春的激情與自我放逐。在白色恐怖不絕如縷的六零年代下半，我的他方，竟是想像中長年為冰雪覆蓋的北國俄羅斯（龍瑛宗筆下的露西亞）。這或許是非常政治不正確的一件事，因為舊俄雖非後來的蘇聯，卻正是，如《父與子》所寫的，十九世紀虛無黨的源起地，也是三零年代中國左翼知識人的精神故鄉。

D

人生的初戀，顯然要比文學初戀複雜、痛苦得多。初戀往往甜苦參半，背後其實是種危機狀態，古人說的「忽忽若狂」或「茶飯不思」，指的就是這樣一種，既禁錮且開放的神祕經驗——簡單地說，戀人們因青澀不解事，輕易地把自己打開來，暴露在（絕對）他者的目光底下了。

戀人們因此變得喜怒無端，情緒盪來盪去，忽然狂喜不已，彷彿身上長出了翅膀，匆匆又掉入深淵。海德格說，人的存在，「此在」，具有追問的形式。年輕人初識戀愛滋味，不知置身何方，更別說，懂得追問對方是誰、自己又是誰。箇中的種種情狀，不管窘境或困境，過來人方知。我想像聖經上寫的，雅各與天使摔跤，到底是怎麼一回事。可堪比擬的，似乎只有初戀。

E

初戀是大海上的首航，茫無涯岸，不辨方位，唯愛是引導的燈塔。但，初戀常戛然而止，只剩夾在書頁間的新詩或小紙條，心靈角落的斷簡殘篇，或午夜夢迴的一首老歌。初戀不知從何而來，從何而去，有朝一日，明星落了，燈塔熄了，愛的羽翼也統統脫落於地。折翼的戀人頓覺末日來臨，往往要費很長的一段時間，才有力氣從沮喪絕望的低谷爬出來。以身殉情的失愛者，時有所聞。

初戀之不能圓滿，恐怕還在於，自我與他者的不對稱。說穿了，不管他者是假愛神或女神之名，或以命運或世界的法則出現，在知識與力量的任一層次，戀人們都與之不成比例。可笑的是，戀人們卻要在，這一場主客觀的生死鬥爭中，把未來對知識及激情的理解力和想像力、把自我誕生下來。

F

屠格涅夫小說《初戀》最早發表於一八六零年。開頭有一楔子（frame story）：午夜時分，晚宴曲終人散，只剩主人和兩個男客，主人提議，每個人說出自己的初戀作餘興。第一個男客說，帶著幾分自嘲，他六歲時愛上了自己的保姆，這段初戀卻也是最後一次的戀愛，長大後的每段風流韻事，相較下一點也不新鮮。主人很快回應，他的初戀故事更乏善可陳，現任妻子由雙方家長撮合，就是他的初戀，兩人墜入情網，很快結了婚，他的童話故事，三言兩語即可道盡。最後，第二個男客自承，他的初戀確實不尋常，只是他不擅長說故事，允諾兩星期後再度相聚，會將記得的一切寫在本子上，然後唸給他們聽。小說主體便是此君，弗拉基米爾．彼得羅維奇的回憶手記。

並非凡人皆有初戀，或者說，皆這般刻骨銘心地愛過、痛苦過，這是一個客觀的事實。但，二十一世紀的讀者或許會問，何苦這般費事，把弗拉基米爾，當初情竇初開的十六歲少年，愛上鄰家沒落公爵小姐的故事，鑲嵌在幾個中年男人的聚會閒談當中？

如僅保留主人翁自述那苦澀的初戀的手記，不也早已足夠了？

G

最近讀到孫宜學新譯的喬治．摩爾回憶錄《巴黎，巴黎》。雖然晚生許多年，摩爾算是屠格涅夫的同時代人；他在回憶錄中分出好幾章，寫托爾斯泰和巴爾扎克，但他也花不少篇幅力陳，巴爾扎克和屠格涅夫，一客觀一主觀，才是他心目中最精彩的說故事的人。在他看來，巴爾扎克是理解力的天才，他的小說就像電影鏡頭，像鉅細靡遺的生活本身，而屠格涅夫則是直觀的天才，創造了另一種抒情調性與人生智慧。

摩爾說，巴爾扎克就是我們「生活於其中的生活」，也是從他身上可以找到全部生活的作家。但在屠格涅夫的故事裡頭，讀者看到的生活，就像自己「心中的生活」那樣——悲哀、停滯、神祕。巴爾扎克擁有巨大的腦袋，讀者感覺到他的大腦在不斷勞動，且常常如火山熔岩，迸發出無窮的智慧之光。屠格涅夫卻不需從經驗中了解生活，他的作品和自然同樣無聲無息，潛移默化，因為對生活有直覺的、出乎本能的完美理解。

摩爾還說，生活的表面沸騰如大海，充滿奇異和殘酷的生命現象，而屠格涅夫是一個潛泳者，他能看到生活的底層、深處，生物彼此互食，存在著冷漠的敗德行為；他讀得懂，他在岩石間發現的那些幽暗圖形。

H

舊俄三大家，托爾斯泰與杜斯妥也夫斯基好之者仍眾，屠格涅夫則逐漸為人淡忘。當年在歐洲，屠格涅夫擁有眾小說家同行，福樓拜、莫泊桑、亨利．詹姆斯等等，一個個對文學有獨到見解和造詣，也一個個都對他極為推崇。

摩爾也許太誇張了，他對巴爾扎克和屠格涅夫揄揚備至，一度說，除了這兩人，世上就沒有會講故事的人了。但他的看法、觀察都有意思，他從說故事的角度切入，捻出「生活」與「生活感」的標準，尤具參考價值。

王國維也有所謂「客觀的詩人」與「主觀的詩人」的區分。前者標舉巴爾扎克，這方面與摩爾所見略同；後者則以李後主為例，且進一步闡釋：客觀之詩人，不可不多閱世；主觀之詩人，不必多閱世，閱世越淺，則性情越真。

屠格涅夫最早寫詩。一八四三年，他二十五歲，與小他幾歲的法國歌劇女伶——波琳娜．維亞爾多——初見面，朋友是這樣介紹他的：這是位年輕的俄國貴族，出色獵人，爛詩人。

一八四七年，創刊之際的俄國《現代人》雜誌面臨稿荒，編輯四處拉稿，拉到了名不見經傳的屠格涅夫，屠格涅夫乃作短篇小說一篇交差。編輯潘納耶夫極力提攜後進，把原文改為獵人的敘述口吻，定為《獵人筆記》系列首篇。系列一出，大受好評，屠格涅夫因此聲名大噪，躍登文壇。但終其一生，屠格涅夫並未忘懷於詩。除了出過一本薄薄的散文詩集，他一直在小說中寫詩，在閱世中追求真性情、回歸真性情，也因此得以創造出，摩爾歎賞有加的抒情調性與人生智慧。

楊絳曾引用十八世紀英國詩人 Shenston 的調侃說法：失敗的詩人往往成為惱怒的批評家，正如劣酒能變好醋。客觀地看，世界文學史上，其實有更多「失敗的詩人」，稍後成了傑出小說家（屠格涅夫、海明威、三島由紀夫等，不勝枚舉）。這也說明，主客觀其實是相對的。詩人、小說家在閱世深淺之間各有困境，直面困境，反而得以發展出不同調性的文學與人生智慧。

I

《初戀》是現代文學的戀愛經典。

屠格涅夫的現代感並不明顯，但細心的讀者仍可發現，他在小說中重演、嘲弄中古愛情傳奇及憂愁騎士的原型，同時，又在細節中埋下工業社會新時代的痕跡；故事中的貴族宅第，有兩間附屬的低矮廂房，左邊的廂房便是製造廉價壁紙的小工廠，雇了十個身體瘦弱、頭髮凌亂、面容枯槁的小男孩，暗示了新社會的童工問題。

《初戀》也是一部高度自傳性的作品。故事裡頭，綽綽約約，有屠格涅夫的家庭傳奇與愛情傳奇的濃厚影子在。

《初戀》有兩個男主角，少年的爸爸，便是以作者早逝的父親形象打造而成。屠格涅夫曾描述其父是「上帝面前的漁獵高手」。故事結尾，少年的爸爸告訴他，要提防女人的愛情；就此而言，我們似乎可大膽推斷，屠格涅夫和他父親，在女人和愛情上，都沒有太多好運氣。

法國傳記家莫洛亞說，屠格涅夫喜歡性格堅強的女性，但只會跪著愛她們。

屠格涅夫以寫戀愛著名，他自己的感情世界卻是一片混亂、迷離。我們也許可以追溯至他的家庭傳奇：他的祖母、他的母親都以專橫殘暴著名，經常虐待農奴。父親早逝，他與母親一直處於敵對狀態；一八五零年，母親死後，他得以實現夙願，將家產分給農奴，讓他們獲得自由。

從家庭傳奇到自我傳奇，屠格涅夫走了一條漫長的路。一八四三年，認識法國歌劇女伶波琳娜是一轉捩點；一八四七年，《獵人筆記》名噪一時，沙皇、沙后，據說在閱讀小說後決定解放農奴，則是另一轉捩點。然而，屠格涅夫置身的外在世界固然籠罩著，一股改革解放的力量，同一時間，屠格涅夫也為自己的感情，埋下禁錮的詛咒，他為波琳娜．維亞爾多——維亞爾多是她的夫姓——喬遷國外，展開長達四十年的不倫孽戀。

波琳娜的故事在此無法多說。她混有西班牙吉普賽血統，長相並不特別，卻是一個渾身充滿魅力的女人，只消說，當年為她迷倒的文人才子不在少數（包括詩人海涅）。簡言之，這個無情的美女（la belle sans merci），這個《初戀》女主角季娜依達的本尊，才是屠格涅夫生命中決定性的力量——是這個不可能的愛情，這個不可能的女人，一步一步地把屠格涅夫折磨成一個更好的詩人、更好的小說家。

的確，波琳娜一定是讓屠格涅夫看見了，激情之愛、至情之愛中，可能同時擁有的溫柔與殘酷的雙重力量。這種冷漠的敗德或邪惡力量，帶有濃厚的虐與被虐色彩，包裝在冷靜、清醒的抒情筆觸之下，正是摩爾指出的，屠格涅夫不可抗的魅力所在。《初戀》的楔子，拉出來的正是，茶與酒的距離，如《紅樓》開卷作者題詞所示，夢幻與清醒的距離，甜美少年與滄桑老男人的距離。

讀者也許記得，尼采在《查拉圖斯特拉如是說》中的名言：你要去找女人？可別忘了馬鞭！尼采妹妹曾在他病中，讀屠格涅夫小說給他聽，傳記未特別提《初戀》，但我懷疑，尼采的馬鞭，出處便在此。

有意思的是，這是少年的初戀，也是年歲稍長的季娜依達的初戀，馬鞭畢竟是打在她身上的呀！

導讀者簡介：

楊澤，上世紀五〇年代生，成長於嘉南平原，七三年北上唸書，其後留美十載，直到九〇年返國，定居台北。已從長年文學編輯工作退役，平生愛在筆記本上塗抹，以市井訪友泡茶，擁書成眠為樂事。著有詩集《薔薇學派的誕生》、《彷彿在君父的城邦》、《人生不值得活的》、《新詩十九首：時間筆記本》。

【評論】

屠格涅夫的《初戀》

文／龍瑛宗　譯／陳千武

前日接到家人寄來的訃音，便回到新竹的鄉下去，卻不幸患了登革熱，睡在病床上一個禮拜。

好不容易治好了，北上回到家，卻因為上次的豪雨，而家裡漏得很厲害，有部分的書籍都濕了。

數年前上京的時候，芹澤光治良先生贈給我的《秋箋》一書也濕綯壞了，真抱歉。

可是，更可憐的是屠格涅夫的《初戀》。

要談屠格涅夫的《初戀》，使我感到很懷念。這本書我在少年的時候讀過，已經十多年前了。在這十多年之間，我很慎重地保存了這本屠格涅夫的《初戀》。可以說，這本屠格涅夫的《初戀》是引導我進入文學之路的一個動機。

而且，看過二葉亭四迷所寫的有關屠格涅夫的文章，使我更感覺到屠格涅夫的魅力了。

「踏進晚秋的森林，聽到那些騷動的思念」——現在，只茫然記得這些句子，跟原文或許有很大的差異吧。可是屠格涅夫的藝術，確實有這樣的境界。

這一本書是新潮社版，收錄於大正十年發行的屠格涅夫全集。

略看這一套全集，就有〈獵人日記〉、〈羅亭〉、〈那個前夜〉、〈煙〉、〈父與子〉、〈普寧與巴布林〉、〈處女地〉、〈春潮〉等收錄在一起。

少年的時候，我時常朗誦過的露西亞的古老敘事詩——

快樂的日子
高興的時候
都像春的浪波那樣
流逝了

這些句子記得是在〈春潮〉的扉頁看過的。

話說回來。翻譯《初戀》的人，是消逝於美麗瀨戶內海的那位詩人生田春月。

生田春月翻譯海涅的詩，他的德語相當不錯的樣子。

這篇〈初戀〉聽說也由德語翻譯過來的，所以這就是雙重翻譯。不過，日本文學是大大地受過露西亞文學的影響，其翻譯卻大都是從英譯再譯的雙重翻譯較多。這可以說是不可思議的現象吧。

讀了《初戀》的譯者序，覺得很有趣。因為能看到很生田春月的獨特說法啊。

摘錄如次吧。

「戀愛這一個字，對於伊凡．屠格涅夫來說，或許是最傷痛的字之一吧。夢想與現實之間的矛盾，性格與境遇之間的關係，所有存在的不如意與絕望，人生所有的『不湊巧』等，沒有人比屠格涅夫更能將其描繪得那麼好。——少年時的夢想中，流下了苦味的淚水。『要小心女人的愛啊，要小心這種幸福，這種毒啊！』——」

啊！這本《初戀》也發霉了，變為古色蒼然、破破爛爛的了。

再引用生田春月的話吧。由於滅亡才是美麗的話，這本《初戀》也因為破破爛爛了，才會感到更摯愛。

我認識的一位女孩子，說她最喜愛的作品，是屠格涅夫的《初戀》。

那位年輕女人，說現在必須要到滿洲的北方，近接國境的地方去。

那位女人也像小說裡的女主角那麼美麗，或許不會再有跟她見面的機會吧。

想起來，真是寂寞的人生航路喲。

再把話說回來吧。上一次的颱風，我家受了相當大的災害，變成真正的破房子啦。

板壁也壞了，風會毫不客氣地吹進來。

仲秋之夜，因身體還不舒服就躺在床上，而從壞了的板壁，看見清冽的月亮。

我起床移身在藤椅子上坐下來。伸手隨便拾起了一本書，那就是《初戀》。

「嗯！是《初戀》？——」

我獨語了一句，但是沒有讀它。總覺得不太想看。

《初戀》在月光下，褪色得令人感到十分悲傷。

（本文由劉知甫先生授權，轉載自《龍瑛宗全集》中文卷五，二〇〇六年，國家臺灣文學館出版）

評論者簡介：

龍瑛宗（1911-1999），台灣小說家，本名劉榮宗，出身新竹北埔客家人，畢業於台灣商工學校後，進入銀行界服務。一九三七年以日文創作〈植有木瓜樹的小鎮〉獲得日本《改造》雜誌小說徵文的佳作推薦獎，開始步入文壇，此後投身創作至一九九〇年代初，「台灣新文學因他的出現而開闢了更前衛而深刻的境界」（葉石濤語）。

屠格涅夫年表

編／丘光

一八一八年

十月二十八日（新曆十一月九日，以下日期除特別標示外，皆為俄舊曆），伊凡．謝爾蓋維奇．屠格涅夫（Иван Сергеевич Тургенев）生於俄羅斯中部奧廖爾市的貴族家庭，兄弟三人中排行第二。父親出身古老的貴族，傳說有韃靼人的血統，在婚後即從騎兵軍團退伍；母親出身奧廖爾省的富有地主，對待農奴極為苛刻。父母親的形象在小說〈初戀〉中男主角雙親的身上可以看到不少影子。父母的婚姻基礎是金錢考量，這種缺乏愛的家庭生活對未來的作家有顯著影響。

一八二二年

全家出國旅遊，到瑞士伯恩時四歲的屠格涅夫參觀熊園時差點摔到養熊的坑道中，及時被父親抓住後腳撿回一命。

屠格涅夫的父親是個美男子，畫中他著近衛重騎兵軍裝，左胸前佩掛的是參與一八一二年俄法戰爭時重傷生還所得的勛章。

屠格涅夫的母親能幹，經營家產有成，年紀輕輕已是富裕的女地主。二十八歲嫁給小自己六歲的窮軍官，兩人經濟地位懸殊，加上外表俊美、富有女人緣的丈夫常與其他女人傳出緋聞，幸福的家庭生活很快就結束，夫妻倆的生活接下來就在猜疑與嫉妒的痛苦中度過，這給作家未來的一生帶來負面的影響。

一八二七年

隨全家遷居至莫斯科，就讀寄宿學校。父親在三年後離家。

一八三三年

進大學前一段期間借住在友人別墅，鄰近著名莊園毋憂園，這附近即是小說〈初戀〉的背景，現實生活中，他們的鄰居的確也有公爵夫人與女兒葉卡捷琳娜，小她三歲的屠格涅夫為其美麗著迷，嘗到初戀的滋味，這段戀情的發展與結局也與小說相仿。九月，通過莫斯科大學入學考試，進入語文系就讀，不滿意學習環境，只讀一年就轉學。

一八三四年

全家遷居至首都彼得堡，依父親意願前往與任軍職的兄長同住，轉學至彼得堡大學歷史—語言系；在第一個學年上過果戈里講授的歷史課程，極其枯燥無趣，使他懷疑這位老師不是那位大作家果戈里，但後來才發現是同一位，同時間迷戀詩歌，

母親（下圖為晚年的照片）對屠格涅夫的管教非常嚴厲，作家曾說過：「我的童年沒什麼好提的，沒有一個快樂的回憶。我怕母親就像怕火一樣。她會因為各種小事處罰我……」

而作家與父親的關係則非常冷淡，兩人似乎只有血緣上的關連。他曾跟友人奧斯特羅夫斯卡雅（N. A. Ostrovskaya，劇作家奧斯特羅夫斯基的弟妹）提到自己對父親的觀感：

「我在《初戀》中描寫了自己的父親。很多人因此指責我，尤其因為我沒有隱瞞這件事。但我認為其中並沒有什麼不好的，我就沒什麼好隱瞞的。我父親是個美男子；我會這麼說，是因為我長得一點也不像他，我的面貌像母親。他有真正俄國美的那種俊美……他的臉龐，他的姿態，有一種令人難以抗拒的魅力。」

也開始嘗試寫詩給文學課老師看。受母親之託，到冬宮拜訪她的舊識詩人茹科夫斯基（時任皇位繼承者亞歷山大二世的導師）。十二月，父親中風過世。

一八三七年

一月，在音樂會上巧遇滿面愁容的普希金，幾天後得知這位大詩人決鬥身亡，寫了一篇〈我們的世紀〉但未發表，疑似與普希金的死有關。大學畢業，不滿足俄國大學的教學內容，向母親爭取出國深造的機會。

一八三八年

五月，搭乘「尼古拉一世」號輪船前往柏林就學，行至呂貝克港外海，生平第一次上賭桌的屠格涅夫大贏之際，輪船意外失火，他隨大家倉皇逃生，然而同行者中有人散布他面臨災難膽怯的謠言流傳在首都上層社會。九月，進柏林大學後主修黑格爾哲學、語文學、歷史。

詩人茹科夫斯基在十九世紀初的俄國詩壇引領浪漫主義文學風潮，被評論家別林斯基譽為「俄國文學的哥倫布」；他的作品對屠格涅夫有重大影響，包括美學世界觀、自然描寫的多愁善感情調、人道主義情懷等方面。

一八三九年
春天，收到母親來信提到家中發生大火，請求他回國。夏末，回到俄國。年底，在社交場合見到當時聞名首都的大詩人萊蒙托夫。

一八四〇年
一月，從俄國再去柏林前遊歷了義大利，會見好友社會活動家斯坦凱維奇。五月，前往歌德的故鄉法蘭克福遊覽，在那裡邂逅了一位年輕女孩，這段一見鍾情讓他在三十年後寫下了中篇小說〈春潮〉來回應。六月，斯坦凱維奇過世。七月，結識後來的無政府主義革命分子巴枯寧，兩人同居在柏林幾乎形影不離，一起散步、念書、談論，一年後返國。

一八四一年
五月，結束學業返國。與家中的女裁縫阿芙多季雅戀愛交往，母親發現後解雇了女裁縫，但她離開時已經懷孕——這段貴族與平民的戀情在後來

在柏林時，巴枯寧非常喜歡屠格涅夫，認為他未來大有可為，並在信中與家人介紹這位傑出的年輕人。

巴枯寧的妹妹塔吉雅娜從哥哥寄自柏林的信中得知屠格涅夫，對他的來訪滿是期待。這位女士長屠格涅夫三歲，從小迷戀德國哲學，並且以哲學的理想來看待現實人生。兩人交往期間，由於思想上的親近互動，可以說展開了一場心靈上的熱戀，從她給屠格涅夫的信中可看到她對屠格涅夫的崇拜：

「您是神聖的，您是美妙的，您是天選的！」然而，屠格涅夫清醒後，最終考量種種現實壓力，只把這段情感化作文學創作的養分——包括創作〈帕拉莎〉的靈感也從此得來。

的《貴族之家》中有描寫。秋天，拜訪巴枯寧一家時認識他的妹妹塔吉雅娜，談了一場曖昧不明的戀愛，寫了一系列關於這段戀情的抒情詩，包括流傳後世的〈在路上〉。

一八四二年

四月，非婚女兒波琳娜出生，由生母單獨撫養。

一八四三年

發表第一篇作品敘事詩〈帕拉莎〉，開始文學生涯，受到著名評論家別林斯基稱讚是萊蒙托夫的後繼者（作家本人後來自陳他的詩作不值得受到如此讚美），評論家主張的文學社會性影響屠格涅夫從浪漫主義的廢墟中走向寫實主義。年中，進入內政部，在著名作家、字典編撰者弗拉基米爾．達里手下服務，但績效不佳，無心在公職。秋天，西班牙裔法國歌唱家波琳娜．維亞爾多隨團來俄演出，屠格涅夫迷戀上她，此後追隨她至歐洲數十年。

波琳娜．維亞爾多，涅夫（T. A. Neff）繪，1842 年。

波琳娜．維亞爾多在巴黎的沙龍演唱，台下聽眾除了屠格涅夫，還有巴爾札克、大仲馬、喬治．桑、繆塞等法國作家。

一八四五年
辭退公職出國旅行，返國後結識杜斯妥也夫斯基。

一八四六年
從夏天到秋天沉迷於打獵，深度觀察自然與鄉間人民，影響作家後來的寫作發展。年底出國，試圖尋找人生與事業的新方向。

一八四七年
一月，參與新版的《現代人》雜誌發刊籌備工作，在復刊號第一期發表小說〈霍爾與卡里內奇——選自獵人筆記〉（即後來《獵人筆記》成書的第一篇），大獲成功，包括作家果戈里、評論家別林斯基的讚賞，激勵作家繼續朝這個題材寫作，走出了自己的文學路。

一八四八年
二月，與巴枯寧在巴黎目睹法國二月革命，後來在小說《羅亭》中有所描寫。五月，獲知別林斯

屠格涅夫打獵時的模樣（右圖），德米特里夫－奧倫布爾斯基（Dmitriev-Orenburgsky）1879 年繪。

《獵人筆記》是對農奴制度的一場文學審判，反映俄國長年在此制度下的社會現況，同時這也是一幅壯闊詩意的俄國人民生活景色。左圖為小說的插圖剪影畫，波姆（Elisabeth Boehm）1883 年繪。

基過世，通知《現代人》主持人涅克拉索夫把他的稿費轉給別林斯基的家人。發表戲劇《物從細處斷》，獻給曾愛慕過的娜塔麗雅．圖奇科娃，但她愛的是革命分子奧加廖夫，兩人的愛情故事與婚姻問題後來被屠格涅夫轉化在《貴族之家》中。

一八四九年

五月，在巴黎的房屋租約到期，暫居赫爾岑家中，得到霍亂，赫爾岑送走家人單獨留下照顧他。

一八五〇年

六月底返國，十月，請法國友人帶八歲的女兒波琳娜前往法國托付給波琳娜．維亞爾多教養。十一月，母親過世，繼承大筆遺產。完成戲劇作品《鄉居一月》，其中的抒情性、簡單的情節、壓縮外部動作不追求舞台效果、深度心理刻畫等特色，在在影響了後來契訶夫的戲劇創作。

赫爾岑是富裕地主的私生子，十五歲時受到十二月黨人起義事件啟發，他與小他一歲的好友奧加廖夫，在莫斯科麻雀山發誓要為自由奮鬥——此後他一生都在實現這個誓言，組織革命活動、出版刊物，意圖推翻沙皇的極權專政。下圖為瑞士畫家瓦洛頓（Félix Edouard Vallotton）為他作的木刻版畫。

娜塔麗雅．圖奇科娃與革命分子奧加廖夫先同居後成為他的第二任妻子；1857年後與赫爾岑同居，並協助這兩位男人合辦的《警鐘》雜誌作校對。

一八五一年

十月，拜訪果戈里，兩日後，聽果戈里朗讀《欽差大臣》。十二月，《物從細處斷》在彼得堡首演。

一八五二年

二月，獲知果戈里過世後寫了一篇追悼文，之後技術性地避開書報審查機關得以發表，但觸怒政權，四月，被官方逮捕，在拘留所中寫下〈木木〉，以文學藝術來回應政治打壓，一個月後被放逐回家鄉斯巴斯科耶形同軟禁。出版《獵人筆記》單行本，這本被赫爾岑稱之為反農奴制度的起訴書，官方等出版後才發現本書有辱地主危害社會，屠格涅夫也因此被官方視為危險分子。鼓勵剛剛發表處女作〈童年〉的年輕軍官列夫．托爾斯泰，兩者開始有了心靈上的聯繫。

一八五三年

十一月，官方通知結束放逐生活，可回首都自由活動。

屠格涅夫在一篇回憶果戈里的文章中，提到他與果戈里的初次正式會面是透過演員謝普金（俄國寫實表演藝術的奠基者）介紹，於 1851 年 10 月 20 日在莫斯科的果戈里寓所，談話中果戈里說到對不久前小劇院演出的《欽差大臣》不滿，覺得演員「走味了」，他要親自朗讀劇本，因此兩日後安排了這場朗讀會。

塔布林（V. Taburin）為這場朗讀會作的版畫（1908）——圓桌旁站立者為朗讀《欽差大臣》的果戈里，聽眾多為劇場工作者，屠格涅夫坐在畫面底部最中央的位置。

一八五四年

英、法向俄國宣戰，克里米亞戰爭開始。四月，巴黎出版《獵人筆記》法文版。七月，法國作家梅里美發表對《獵人筆記》的評論。夏天，愛上一位遠親的女兒奧莉嘉，但最後還是無疾而終。

一八五五年

二月，沙皇尼古拉一世過世。十一月，從克里米亞前線戰區到首都的托爾斯泰初次來訪，兩人下棋，屠格涅夫贏了兩盤，輸了一盤。屠格涅夫很喜歡這位年輕他十歲的天才作家。

一八五六年

發表長篇小說《羅亭》，其中男主角的「多餘人」形象延續普希金以降的文學傳統，加上景色與愛情的優美描寫，獲得各方讚譽，而對照現實生活中，男主角羅亭與巴枯寧多有相似；從此，作者開始了一系列的社會小說創作。

《現代人》雜誌的作者群，列維茨基於 1856 年攝。後排站立者左為當時仍是年輕軍官的列夫．托爾斯泰，右為格里戈羅維奇（杜斯妥也夫斯基的軍校同學和進入文壇的引介者），前排坐者由左至右：岡察洛夫、屠格涅夫、德魯日寧、奧斯特羅夫斯基。

一八五七年

一月，托爾斯泰到巴黎拜訪，兩人結伴同遊法國。

七月，前往萊茵河礦泉療養區城鎮辛齊希，寫下〈阿霞〉。

一八五八年

一月，發表中篇小說〈阿霞〉。六月，回到俄國。

十月，《貴族之家》完稿。

一八五九年

發表長篇小說《貴族之家》，獲得全面好評，被作者自己稱為「最重大的成就」，但被俄國著名作家好友岡察洛夫指控疑似模仿他構思中的小說《懸崖》；小說中關於斯拉夫派與西方派的描寫引起社會兩方爭論。

一八六〇年

一月，在《現代人》雜誌發表〈哈姆雷特與唐吉訶德〉後，與涅克拉索夫主持的《現代人》決裂，

屠格涅夫在小說中創造了一系列的「屠格涅夫式女性」，展現出文人觀點的俄羅斯女性特質。下圖為《貴族之家》的女主角麗莎（盧達科夫繪）——

「她長得漂亮。臉色蒼白而鮮明，眼睛、嘴唇那麼端莊，讓眼神看起來真誠無邪。可惜，她情緒上似乎有點容易興奮。」

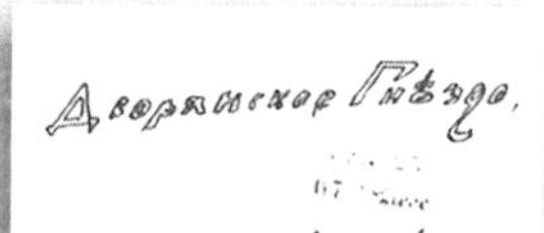

長篇小說《貴族之家》作者手稿的封面。

不再供稿，因為雜誌刊登多勃羅柳伯夫的一篇評論〈真正的白天何時才能到來？〉將《前夜》政治化解讀，引起屠格涅夫的不滿。發表中篇小說〈初戀〉、長篇小說《前夜》。三月，再次被岡察洛夫指控《前夜》中疑似模仿他的小說《懸崖》，屠格涅夫無法忍受決定請中立第三方仲裁，評議結果是雙方在相似背景成長下文章不能說有模仿的問題，但兩人從此交惡。

一八六一年

二月，沙皇亞歷山大二世頒令解放農奴，據說沙皇讀過《獵人筆記》深受影響也是其原因之一。五月，托爾斯泰來訪，一同前往詩人費特家拜訪，聚餐席間托爾斯泰批評屠格涅夫的女兒參與慈善公益活動很虛假，兩人發生激烈口角，甚至要決鬥，從此關係破裂，不相往來達十六年。十一月，收到赫爾岑來信通知巴枯寧從西伯利亞成功逃獄出國，即將到倫敦，屠格涅夫回應「非常樂意」資助老朋友。

圖為屠格涅夫（左）與《現代人》雜誌的主要編輯帕納耶夫（中）、涅克拉索夫（右）。當時《現代人》正面臨雜誌轉型，年輕一輩的平民知識分子，如多勃羅柳伯夫力爭主導權，將雜誌帶往親革命的調性。身為溫和自由主義派的屠格涅夫似乎感覺到這份雜誌已經不需要他的文章。

一八六二年

二月，發表長篇小說《父與子》，儘管引起社會兩極評價，但褒過於貶，包括杜斯妥也夫斯基的讚賞，指出本作可比美果戈里的《死靈魂》。五月，到倫敦與赫爾岑、巴枯寧會面，被說服答應協助巴枯寧之妻逃出俄國。捲入「三十二人案」政治事件，數位流亡倫敦的俄國革命分子返國被捕，搜出與赫爾岑、巴枯寧等人通信中多次提及屠格涅夫的姓名，被官方懷疑涉入革命活動。

一八六三年

三月，因「三十二人案」在巴黎俄國大使館接受偵訊。結識福樓拜，這位法國作家曾在信中稱自己早就視屠格涅夫為老師。

一八六四年

一月，為「三十二人案」返回俄國上法庭接受審訊，以無罪結案，但他給沙皇的說明信被赫爾岑批評為向政權乞憐，兩人因此斷交多年。與岡察

屠格涅夫藉小說《父與子》的主角巴扎羅夫（盧達科夫繪）的形象，凸顯出彼時年輕一代盛行的虛無主義思想。小說第十章中巴扎羅夫說出了這段著名的宣言式口號：「現在這時代，最有利的就是否定——所以我們否定。……否定一切。」

洛夫和解。二月，女兒波琳娜．屠格涅娃結婚，嫁給巴黎一個玻璃工廠廠主，當時屠格涅夫以為他們會幸福。波琳娜．維亞爾多在巴黎大劇院告別演出後，一家人遷居至德國巴登－巴登，屠格涅夫也隨之遷來。

一八六七年

發表長篇小說《煙》，嘗試政治諷刺手法，飽受各方批判，尤其以杜斯妥也夫斯基批得最激烈：「《煙》很明顯藝術性非常之低落」、「這本書應該要燒掉」——導致兩人斷絕往來多年。

一八六八年

十一月，拜訪福樓拜，讀對方的小說手稿《情感教育》，交換創作意見。

一八七〇年

一月，俄國流亡海外的革命分子、評論家赫爾岑逝世，儘管屠格涅夫與他意見分歧，但仍悲傷痛

圖為1867年第14期的《火花》雜誌對小說《煙》的諷刺漫畫，並附對話：

「怎麼這麼難聞的味道，呸！」

「是名氣燒完的烏煙，天分腐壞的瘴氣……」

「噓，各位先生！屠格涅夫（右一）的煙對我們也是甜美愉快的！」

由於國內許多人認為這部小說過度傾向西方觀點，甚至有人覺得是在誹謗俄國。杜斯妥也夫斯基在1867年8月16日給友人邁伊科夫的信中提到，6月底他與屠格涅夫在巴登－巴登吵架的主因：「他的《煙》激怒了我。他自己告訴我，這本書的主要觀點是：『如果俄羅斯垮了，那對人類不會有任何損失，也不會有任何不安。』……坦白跟您說，我怎樣都無法想像，屠格涅夫竟然可以這麼天真又笨拙地暴露他內心受傷的自尊。」

失一位同時代的對手。六月，熱愛西洋棋的屠格涅夫受邀至南德的巴登－巴登擔任國際西洋棋比賽副主席；七月，法國向普魯士宣戰，普法戰爭開始，屠格涅夫起初不支持拿破崙三世統治下的帝國政權，但普魯士勝利後的軍國主義強勢壓迫又激起他對法國的維護。秋天，隨維亞爾多一家遷居英國倫敦。九月底，法國作家梅里美過世，屠格涅夫發表悼念文，回應對方臨終前給他的來信，並給予這位法國作家友人高度評價。

一八七二年

一月發表中篇小說〈春潮〉，獲得成功，但作家本人不滿意其中的社會性太少，因而加速對下一部長篇小說《處女地》的內容規劃，企圖尋找當代重大社會問題反映在小說中，焦點放在六〇至七〇年代的民粹主義「走向民間」運動，並積極接觸革命分子，包括當時流亡海外的克魯泡特金。九月，拜訪法國女作家友人喬治·桑。

屠格涅夫（右一）與法國作家都德、福樓拜、左拉（由左至右）在巴黎聚餐時合影，1870 年代。
福樓拜是屠格涅夫在歐洲文壇行走時最重要的一位友人。兩人在 1863 年相識，福樓拜曾在信中對屠格涅夫說：「我早就認為您是大師了。我越是讀您的作品，越是驚訝您的天才。」而屠格涅夫也說過自己一生只有兩位朋友——福樓拜與別林斯基。

一八七五年

七月，詩人茹科夫斯基的兒子將普希金的寶石戒指轉送給屠格涅夫。九月，政治諷刺作家薩爾蒂科夫—謝德林來訪。

一八七七年

發表最後一部長篇小說《處女地》。開始寫散文詩，樹立這個體裁的典範。

一八七八年

八月，回應托爾斯泰的善意來信，恢復通信交往，並到晴園拜訪托爾斯泰，結束兩人十六年的斷交。巴黎世界博覽會期間參加國際文學家大會，被歐洲作家代表推舉為副主席。

一八七九年

一月，大哥尼古拉過世。戲劇《鄉居一月》在彼得堡首演。

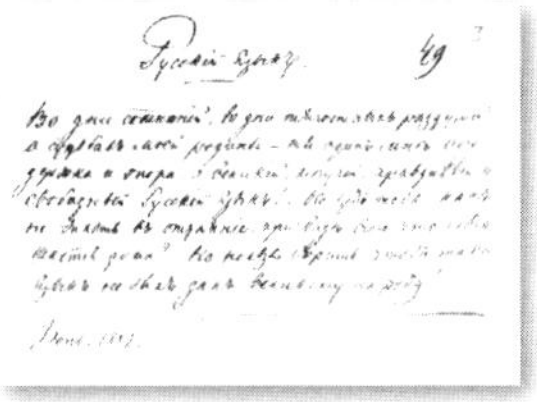

左圖為1935年版的屠格涅夫散文詩，書封上為屠格涅夫的肖像畫。上圖這篇手稿為著名的散文詩〈俄羅斯語文〉，屠格涅夫用簡潔有力的幾行字句，表達了對俄羅斯民族的堅定信念——「怎能不相信，這樣的語文是賦予給一個偉大的民族！」對長年漂泊歐洲的屠格涅夫來說，沒有任何東西比俄羅斯語文還重要。

一八八〇年

六月六日，受邀參加莫斯科的普希金紀念碑揭幕典禮，被推舉為代表之一，籌備整個活動，與杜斯妥也夫斯基先後發表演說，這是兩位亦敵亦友的作家在文學生涯中最後一次交鋒。

一八八一年

三月一日，沙皇亞歷山大二世在首都聖彼得堡被民意黨人刺殺身亡。八月，最後一次出國，病倒在巴黎。

一八八二年

三月，病情日益嚴重。婚姻不幸的女兒帶著孩子離開丈夫遷居瑞士，因而無法在屠格涅夫過世時見上最後一面。

一八八三年

六月，自知來日無多，口述〈海上大火〉，由維亞爾多女士記錄，意圖重現一八三八年那場「尼

普希金紀念碑在特維爾林蔭道末端的廣場上揭幕，圖為包曼（A. Bauman）根據尼古拉．契訶夫（作家安東．契訶夫的二哥）的現場素描所繪。

屠格涅夫曾跟友人談過女兒波琳娜的性格：「她沒有藝術天分，但非常正面積極，思想健全，她會成為好妻子，好母親……她應該會幸福。」

維亞爾多畫的
屠格涅夫。

古拉一世」船上火災的情形，為自己年輕時候面
對死亡的情形作記錄。八月二十二日（新曆九月
三日）逝世於法國巴黎，九月二十七日按其遺囑
安葬在俄國聖彼得堡沃爾科沃公墓，緊鄰他所尊
敬的評論家別林斯基旁邊。

1881年3月
1日沙皇亞
歷山大二世
出宮巡視途
中，被極端
革命組織民
意黨設伏的
炸彈炸死，
圖為俄國
《世界畫報》
3月14日報
導所刊的第
二發炸彈引
爆時的情況

Воружение на жизнь Его Императорского Величества Государя Императора Александра II. — Взрыва втораго снаряда, 1-го Марта. (Рис. с Петербург)

示意圖。沙皇遇刺身亡令屠格涅夫相當震驚，不過他認為俄國的問題並不
會因此解決，反而會更棘手。

屠格涅夫，1880 年，列沙（K. Resha）攝，照片中的屠格涅夫一副往事如煙，此時受邀參加莫斯科的普希金紀念碑揭幕典禮，儼然以主角之姿發表演說，彷彿是文學事業的終身成就獎。